Erwartung und freudige Erregung liegen in der Luft an diesem warmen Mittsommertag: Abends werden die meisten Bewohner des kleinen Fischerdorfs Valeyri bei dem großen Chorkonzert auftreten. Chorleiterin Kata radelt durch den Ort. Unterwegs begegnen ihr ihre Nachbarn. Sie sieht den geheimnisvollen Mann aus dem Süden, der eines Tages plötzlich im Dorf aufgetaucht ist. Sie sieht Kalli, den Solisten, der allein in seiner Werkstatt sitzt, umgeben von Geräten und Erinnerungen. Sie trifft den alten Papageitaucher-Lalli und seine Schwester Lara, die heute zum ersten Mal seit Jahren wieder miteinander sprechen werden. Und Pastor Sæmundur, der sich ein Bier aufmacht, während Gut und Böse um seine Seele kämpfen. In Valeyri kennt jeder jeden. Und trotzdem weiß niemand, welche Erinnerungen und Geheimnisse sein Nachbar mit sich trägt, welche unterdrückten Gefühle unter der Oberfläche brodeln, welche Sehnsüchte und heimlichen Laster er hat.

Guðmundur Andri Thorsson wurde 1957 in Reykjavík geboren. Er ist einer der wichtigsten zeitgenössischen Autoren Islands. Für seine Romane wurde er mit zahlreichen Preisen ausgezeichnet. Auf Deutsch erschien von ihm *Nach Island!* (1996). Thorsson arbeitet außerdem als Literaturkritiker, Verlagslektor und Übersetzer.

Guðmundur Andri
Thorsson

IN DEN WIND GEFLÜSTERT

~~~

Roman

Aus dem Isländischen
von Tina Flecken

ATLANTIK
~~~

Die Originalausgabe erschien 2011 unter dem Titel *Valeyrarvalsinn*
im Verlag JPV / Forlagið, Reykjavík.

Der Verlag dankt The Icelandic Literature Center
für die Förderung der Übersetzung.

MIÐSTÖÐ ÍSLENSKRA BÓKMENNTA
ICELANDIC LITERATURE CENTER

Atlantik Bücher erscheinen im
Hoffmann und Campe Verlag, Hamburg.

1. Auflage 2018

www.hoca.de *www.atlantik-verlag.de*
Umschlaggestaltung: Sarah M. Hensmann © Hoffmann und Campe
Satz: Dörlemann Satz, Lemförde
Gesetzt aus der ITC New Baskerville
Druck und Bindung: C. H. Beck, Nördlingen
Printed in Germany
ISBN 978-3-455-65096-9

HOFFMANN
UND CAMPE

Ein Unternehmen der
GANSKE VERLAGSGRUPPE

In Erinnerung an meinen Vater Thor Vilhjálmsson
(1925–2011)

ER KOMMT VOM MEER …

Er kommt vom Meer und streicht über die Landzunge. Wenn der Tag zu Ende geht, kriecht der Nebel langsam in den Fjord, wie er es immer tut im Sommer, tastet sich um die steinigen Hügel, späht hinter die Grasbuckel, gleitet ins Dorf, wo er die Hausecken ableckt, die Boote im Hafen streift und sich dann so weit hebt, dass ich in die Fenster schauen kann. Ich sehe die Geheimnisse. Ich sehe die Leute kochen und werkeln, pinkeln, singen, schweigen und dahocken. Manche weinen, manche lauschen, manche starren vor sich hin. Ich sehe Leute in ihr Kissen schreien, Müll und unnütze Erinnerungen fortwerfen, und ich schaue nicht weg. Ich schaue nie weg. Jósa ist allein und schlürft warmes Bier aus der Dose, während sie ihre alten Klassenfotos einscannt, um sie auf Facebook zu stellen. Kalli sitzt in seiner Werkstatt und beobachtet eine Bachstelze. Doktor Jónas lässt den Kopf hängen, und Papageitaucher-Lalli ist zu einem Spaziergang aufgebrochen und wird gleich seiner Schwester Lára in die Arme laufen, mit der er seit Jahren nicht mehr gesprochen hat … Und hier kratzt sich Sveinsína mit einem Holzlöffel zwischen den Schulterblättern, nachher will sie zur Feier des Tages bei Jósa vorbeischauen, doch dann werde ich mit dem Nebel fortgezogen sein. Schon bald bin ich mit dem grauen Nebel fortgezogen.

Wir kriechen weiter um eine Hausecke. Der Nebel ist vor mir, als müsste er bereits ganz woanders sein und hätte genug von meiner Trödelei, gleichwohl verweilen wir bei dem roten Haus mit dem Namen Skjól. All die Geheimnisse in einem kleinen Dorf – sie sind zwar nicht wichtig, zumindest nicht alle und nicht immer, doch der Nebel und ich sind trotzdem hier, spähen durch die Fenster wie ein neugieriger zweieiniger Gott, der sich vergewissern muss, dass das tägliche Leben seinen Lauf nimmt, obwohl er den Menschen einen freien Willen geschenkt hat. Er kommt vom Meer und streicht über die Landzunge. Ihm folgt ein Frösteln, und niemand freut sich über ihn. Aber Smyrill, der Dichter, fühlt sich inspiriert, als wir uns nähern, und erhebt sich von seiner Arbeit, nimmt sein abgegriffenes braunes Notizbuch, geht langsam in die Küche zum Fenster, wo er in die blaue Ferne schaut und Ideen für seinen Gedichtzyklus *Duft von Asche* notiert. Der Nebel ist die blaue Ferne, die dich plötzlich umhüllt. Er ist schmiegsame Mühsal. Das eigentliche Naturgesetz. Er kommt vom Meer und streicht über die Landzunge, und die Leute sehen in ihm alles Graue, die kalte Stille, die sich manchmal über das Leben hier legt, so wie sie just den Dorfberg Svarri eingehüllt hat. Dann kommt der Abend. Dann kommt die Nacht. Und mit der Nacht kommt der Regen.

Liebe erwacht, Blumen sterben, Menschen geben auf halber Strecke auf, Autoscheinwerfer verblassen in der Schwärze des Abends, eine Kerze flackert im Luftzug eines Fensters, Momente bleiben im Gedächtnis, doch die Tage vergehen. Monate vergehen, Empfindungen und

Jahre. Ich sehe das Blau des Aprilhimmels und das Grün des Maigrases. Ich sehe Flügelschlagen, wenn der Süden näher kommt, höre einen neuen Klang im Rascheln der Grashalme. Im Frühling sehe ich die Röte auf den Wangen der Kinder, wenn sie den ganzen Tag draußen gespielt haben. Ich sehe die Herbststürme in den verschlossenen Gesichtern der Menschen. Den Geruch des Winters spüre ich, wenn er im Spätherbst vom Meer aufsteigt und der Tod die Welt bedeckt. Zapfsäulen stehen einsam im Schneegestöber … Die knarrenden Boote am Kai vertäut … Die Stille des Dorfes an weißen, dunklen Tagen … Die Stille des Berges … Die Kargheit zwischen den Häusern. Ich habe gesehen, wie die Liebe in Augen erwachte und in Taten starb. Ich habe gesehen, wie ein verlassenes Kind zu weinen aufhörte. Ich habe gesehen, wie Männer ertranken und Jungen sich erhängten. Und habe gesehen, wie eine schwangere Frau mit eisblauen Augen ermordet und begraben wurde.

Ich bin schon lange tot. Ich müsste längst erloschen sein, und vielleicht bin ich das auch, ohne es erkannt zu haben. Ich bin nur ein Bewusstsein. Ich komme vom Meer und streiche über die Landzunge, und bald werde ich mit dem Nebel fortgezogen sein. Ich bin die Nachmittagsbrise, besuche die Menschen gegen halb fünf und wehe eine Stunde später fort zu meinem Zuhause, das im Vergangenen liegt, im Gras, das vorhin aufwogte, in den Samen der Pusteblume, die an einen neuen Ort wirbeln, in den Falten von Katas Kleid, die auf ihrem Weg zum Gemeindehaus die Strandgata hinunterradelt.

KLARINETTE UND KONTRABASS

Sie spürt, wie das Stimmengewirr der Kinder mit der Nachmittagssonne eins wird. In der Luft liegt Essensgeruch, das Tuckern eines Motorboots draußen auf dem Meer und das Knattern der Rasenmäher in den Gärten, Strandvögel ziehen ihre Kreise, Stelzvögel laufen geschäftig umher, und die Samen der Pusteblume trudeln auf die Erde: Der Nachmittag pulsiert. All dieses Leben verleiht ihr Kraft, auf dem Weg durch den Ort fester in die Pedale zu treten, gibt ihr Rhythmus und Schwung und Hoffnung; sie spürt die Energie durch ihren Körper strömen. Die Häuser beobachten sie, aber das ist in Ordnung. Alte Männer mit Gartenscheren winken und rufen: »Hallo, Kata!«, und das ist gut. Kinder hüpfen jauchzend auf den Trampolinen, die sich vor den Häusern wölben, und winken, und in einiger Entfernung knien Frauen in Blumenbeeten und winken mit erdverschmierten, gelben Handschuhen. Sidda sitzt mit Andrés und Fríða und anderen beisammen und winkt ihr stürmisch zu. Der Mann, der im Bass singt und Árni auf Reisen genannt wird, steht, die Pfeife im Mund, auf den Stufen vor dem Alten Arzthaus und sieht her, winkt aber nicht.

In zwei Minuten ist sie beim Gemeindehaus. Der Valeyri-

Chor gibt heute Abend ein Konzert, und das Programm ist anspruchsvoll: Sie werden isländische Lieder wie *Nacht* und *Hübsche kleine Freunde*, aber auch *Locus iste* von Bruckner und *Sicut locutus est* aus dem *Magnificat* von Bach singen, wobei nicht das Geringste schiefgehen darf, denn dann gerät trotz der endlosen Montagabendproben alles durcheinander. Sie hat am Klavier gesessen und geduldig immer wieder die Stimmen geübt, hat in so gebrochenem Isländisch »Und noch einmal!« gesagt, dass man ihr einfach gehorchen muss. Bei dem Bach-Choral hat sie sich manchmal gefühlt, als versuchte sie fünfzehn Bälle gleichzeitig in der Luft zu halten; wenn einer fällt, fallen alle; und manchmal musste sie fünfzehn Bälle überhaupt erst in die Luft bringen. Dann saßen sie auf ihren Stühlen, die kunstbeflissenen Dörfler aus der Fischfabrik und dem Friseursalon, der Bank und dem Hafen, dem Pferdehof, dem Müßiggang und den Möglichkeiten – jeder mit seinem Spitznamen auf dem Buckel und seiner Geschichte, die alle kennen –, und jeder Einzelne kämpfte damit, sein eigenes *locu-hu-hu-hu-tus est* haargenau auf das der anderen abzustimmen. Und es gelang ihr, sie dazu zu bringen, laut und energisch zu singen und dann ach so sanft. Sie spürte diesen empfindsamen Klang zwischen ihren Handflächen. Den Valeyri-Klang.

Nun wird sie etwas früher da sein, bevor Sidda, Fríða und Anna kommen, um die Stühle aufzustellen. Sie will einen Moment für sich sein, das Klavier ausprobieren, sich irgendwohin setzen und die Augen schließen und in ihrem Innern einen großen und breiten C-Dur-Klang spüren.

Dann kommen sie alle. Sie riechen nach Pferd und Fisch und Erde und Sonne, müde von der Schufterei des

Tages, ziehen die Kittel an, die Sidda für sie genäht hat, und verwandeln sich so in Künstler, drängen sich alle unten in den muffigen Umkleideraum, und sie wird sie auffordern, sich an den Händen zu halten und ganz leise *Schlaf, mein kleiner Liebling* zu summen. Dann gehen sie in einer Reihe nacheinander rein, verteilen sich auf der Bühne, wie sie es geübt haben, sie tritt auf, verbeugt sich, dreht sich zum Chor, hebt die Hände und schaut jedem Einzelnen in die Augen – der Chor ist eins –, gibt schließlich das Zeichen, und wundersanft singen sie mit einer Stimme, erschaffen einen neuen Ort: *Locus iste, a Deo factus est …*

Alles ist so hell. Noch ist nicht Abend, und gleichwohl ist nicht mehr Tag. Das Leben schwingt an den Rändern. Ihre Beine stecken nackt in den Sandalen, und sie fröstelt, denn die Nachmittagsbrise zieht gerade durchs Dorf, aber es ist keine unangenehme Kälte, eher eine belebende, so wie die Augen der Häuser nicht starren, sondern ermuntern. Alles singt im gleißenden Licht. Die Sonne singt, das Meer, Fische, Zaunpfähle, Kühe, Fliegen, Pferde, Hunde, das alte rote Fahrrad, das Kalli und Sidda ihr geschenkt haben. Sie spürt, dass der Tag kommen wird, an dem ihr braunes Haar wieder rötlich glänzt. Ihre Augen wieder leuchten. Sie wieder innerlich singt, wenn sie Klarinette spielt. Wieder Leben in ihr Dasein kommt. Sie wieder geliebt wird.

Sie trägt das weiße Kleid mit den blauen Punkten, das sie an dem Tag gekauft hat, als sie geliebt wurde.

An dem Tag, als sie wusste, Andreas würde abends im Pavillon in dem großen öffentlichen Park mitten in Trnava um ihre Hand anhalten. Dies ist ihr einziges feines Kleid, das einzige, das sie je besitzen wird. Sie hat es seit jenem Abend nicht mehr herausgeholt. Es hat ordentlich gefaltet in ihrem kleinen roten Koffer und in unzähligen Schränken gelegen und auf diesen Juniabend gewartet. Es ist ihr rund um die Welt gefolgt auf ihrer Reise durch die verschlungenen Gänge der Hölle. Von ihrer kleinen Straße daheim in Trnava nach Bratislava, nach Prag, Köln, Rotterdam, Moskau, Kopenhagen, Hamburg, Reykjavík …

Stets hat es in seinen geduldigen Falten auf dem Boden des kleinen roten Koffers neben ihrer stummen Klarinette gelegen.

Sie wäre geliebt worden. Nach der Probe wollte sie nur kurz nach Hause mit der Klarinette und sich umziehen – das neue Kleid anziehen –, und Andreas wollte nach Hause mit dem Kontrabass, und dann wollten sie sich um zehn Uhr auf der Bank unter der alten Pappel in dem alten Park in der Innenstadt treffen, wo sie sich immer nach der Schule getroffen hatten seit ihrer Jugendzeit; die Klarinette und der Kontrabass.

~~~

Er würde ihr sagen, sie gebe seinem Leben einen Sinn. Sie würde ihm glauben. Er würde sie fragen, ob sie sich vorstellen könne, ihn zu heiraten und ihr Leben mit ihm zu teilen. Sie würde ja sagen, weil sie ihm glaubte. Der Abend verginge und die Nacht, die Tage und die Wochen, und nach ein paar Monaten zögen sie zusammen in die Altstadt. Er spielte Kontrabass im Symphonieorchester und in der kleinen Jazzband aus der Schulzeit, den *Trnava Stompers*, die sie immer noch hätten, die alten Freunde. Sie spielte Klarinette im Symphonieorchester und unter-
~~~

richtete ein bisschen und trüge morgens in der Altstadt die Post aus, um ihr Einkommen aufzubessern, wie früher ihre Mutter. Die Tage, die Wochen und die Monate vergingen. Sie würden bis mittags in ihren jeweiligen Zimmern üben und dann gemeinsam rausgehen, um einen Happen zu essen, weil sie keine Lust hätten zu kochen – erst wenn die Kinder kämen, eins, zwei, drei. Die Jahre, die Monate und die Tage vergingen. Nach und nach würden die schönen Stunden des Tages weniger, nach und nach würde es eng in der kleinen Wohnung, manchmal wäre das Essen knapp, und manchmal hätte sie Schwierigkeiten, morgens Klarinette zu üben, wegen der Kinder, aber sie machte trotzdem weiter, weil ihre Mutter ihr mit den Kindern helfen würde, damit sie ihren Job beim Symphonieorchester behalten könnte. Das bekäme Andreas auch hin, obwohl er zu viel trinken und mitten in der Nacht besoffen nach Hause kommen würde, nach den Auftritten mit den *Trnava Stompers* in allen möglichen Kneipen. Er würde sagen, sie gebe seinem Leben einen Sinn. Und sie würde ihm glauben. So wäre das Leben nun mal – so wäre sein Vater gewesen und ihr Vater und ihre Großväter, so wären sie, diese Mannsbilder. Die Jahre vergingen, die grauen Tage, die schweren Stunden. Sie stritten sich, weil zu viel Geld für Bier draufginge, es in der kleinen Wohnung zu eng für sie wäre, er sich nicht genug um die Kinder kümmerte. Aber so wäre es. Es würde schon gehen, und sie würde ihm glauben. Sie hätte immer noch den roten Glanz in ihrem braunen Haar, der sich im Leuchten ihrer braunen Augen und in ihrem strahlenden Lächeln wiederfände, von dem Andreas immer sagen würde, es gebe ihm die Kraft, morgens aufzuwachen. Und er wäre immer noch ein attraktiver Mann in seinen roten Pullovern, selbst wenn sein Bauch mit jedem bierseligen Abend mit den *Trnava Stompers* größer würde. Manchmal wären sie fröhlich an Sonntagen, die ganze Familie, während das Essen im Topf köchelte und der Staubsauger durch die Zimmer tanzte und sie Zeit für sich hätten bei ihren stillen Spaziergängen im alten Park in der Innenstadt, wo sie sich immer auf die Bank unter die alte Pappel setzten wie in ihrer Jugendzeit und wie an jenem Abend, als er sie gefragt hätte, ob sie ihn heiraten wolle, und dort würden sie manchmal ein Brot mit einer scharfen Wurst essen, auf das er viel zu viel Butter gestrichen hätte, und Händchen halten, und er würde ihr sagen, sie gebe ihm die Kraft, morgens aufzuwachen, und sie würde ihm glauben. Die Klarinette und der Kontrabass.

Sie wäre geliebt worden.

~~~

Nach der Probe wollte sie nur kurz nach Hause mit der Klarinette und sich umziehen – das neue Kleid anziehen –, und Andreas wollte nach Hause mit dem Kontrabass, und dann wollten sie sich um zehn Uhr auf der Bank unter der alten Pappel in dem alten Park in der Innenstadt treffen, wo sie sich immer nach der Schule getroffen hatten seit ihrer Jugendzeit
~~~

VALEYRI-WALZER

Letzte Nacht, als die Sonne untergegangen war und der Wind sich gelegt und die Eiderente ihren Schnabel unter den Flügel gesteckt hatte und eine einzelne Möwe zu ihrem Felsen glitt und die Wellen unaufhörlich gegen Tang und Steine plätscherten und die Seehunde auf den Schären friedlich gähnten und die Menschen schliefen und niemand unterwegs war außer ihm und den Schafen und ein paar Mäusen und vielleicht einer Frau aus dem Dorf, die nicht schlafen konnte – da spürte Smyrill, der Dichter, wie groß die Poesie und wie offen die Welt und wie unermesslich weit und hoch sein eigener Geist war. In sich fühlte er die Schöpfung pulsieren, den Himmel und die Erde, den Wind und die Sonne und die Gnade. Er spürte Lichtfunken in den Gewölben seines Geistes erwachen und blitzend zwischen den Ewigkeiten hin und her jagen. Er saß mit geschlossenen Augen auf einem Stein und sah die Bilder vor sich ablaufen. Alle möglichen Leute, die er nie gesehen hatte und nie sehen würde und die bedeutungslos für ihn waren, irrten durch seinen Kopf, und er wusste nicht, woher sie kamen, ob sie existierten, ob sie existiert hatten, und er ließ sie unbehelligt zurück in ihre Dimension entgleiten und richtete seine Wahrnehmung wieder auf die Nacht, den Himmel, das Meer, die wogenden Grashalme, das Brausen des Windes und die Vögel und die Gnade. Er hörte einen Klang. Er saß auf einem Stein und sah die Meerstrandläufer am Ufer herumflitzen wie Worte, die Gott verloren hat. Sein Geist war unermesslich, und alles, was in diesem Moment existierte, hatte seine Entgegnung dort in den unendlichen Weiten, er konnte alle Geschehnisse erfassen, alles wurde in seinem Kopf zu einer Zeile; das Gleiten der Möwe war ein Sonett, das Trippeln des Sandregenpfeifers ein reimloses Eilen, die Wellenbewegung des Grases ein fallender Daktylus, der karminrote Himmel ein Hexameter. Er hörte einen Klang. Als die Sonne untergegangen war und der Wind sich gelegt hatte, da hörte und spürte Smyrill, dass das Gedicht auf dem Weg zu ihm war, es kam vom Meer und strich über die Landzunge, es war sein schönstes Gedicht. Es handelte von den Schösslingen, der Knospe und dem Jubel. Es handelte von der Gnade. Es handelte von diesem Schicksalsmoment am Meeresstrand, den er mit dem Gedicht herannahen spürte; es handelte vom Gleiten der Vögel, vom Gras der Erde und vom Plätschern der Welle, von der Form der Schneckenhäuser und vom lebenden Schlaf Gottes. Es handelte vom Geist, der in den Wellen des Meeres wacht und die Flohkrebse springen, den Vogel schweben und die Glockenblume den Kopf neigen lässt. Es handelte von den Frauen, die ihn sanft und liebevoll berührt hatten, mit Händen, die ihn pflegten, und Lippen, die ihn öffneten, und Brüsten, die ihn in kalten Nächten wärmten. Es handelte von Unnur. Es handelte von der Kraft der Gnade. Er hörte einen Klang. Schnell schrieb er all seine Empfindungen in sein kleines braunes Buch und spürte und hörte dabei, dass das Gedicht bereit war, zu ihm zu kommen – es kam auf Flügeln zu ihm geflogen, sein schönstes Gedicht. Er war gespannt und ruhig wie ein alter Fischer, der weiß, dass es so oder so ausgehen kann, und doch fühlt, dass jetzt der Moment für einen guten Fang ist. Er saß auf einem Stein und sah die Sätze über den Strand hasten, emsig nach einem Ort suchen, bemüht, sich richtig zu ordnen, sich in ihr richtiges Molekül zu bringen, damit ein Gedicht aus ihnen würde. Er kritzelte schnell. Die Worte strömten aus seinem Stift wie Vögel. Die Buchstaben verschmolzen zu Bildern, die nicht aussahen wie die Wörter, auf die sie verwiesen, es aber waren. Er schrieb *Gras*, er schrieb *Meer* und er schrieb *Strand*. Während er diese Wörter schrieb, erschuf er Gras beim Meer am Strand. Er schrieb *meine* und *Hände* und *öffnen sich*. Er schrieb *Vogel*. Er zeichnete einen Vogel. Er betrachtete die in Sonettbögen gleitende Möwe, die Wellen, schwer von jahrtausendealten Mustern der Meeresströmungen, eine Wolke, die am tiefblauen Himmel einer weißen Sehnsucht glich. Er betrachtete den Wind, betrachtete das Gras im Wind, sah den Wind im Gras. Für einen Moment ließ er den Stift sinken, während er darauf wartete, dass das Gedicht in seiner richtigen Gestalt mit den richtigen Worten in der richtigen Ordnung zu ihm käme. Dann begann er wieder zu schreiben, schnell und undeutlich, und die Wörter krochen hervor wie flugunfähige Vögel, an dieses Buch gebunden. Er schrieb *ihr Haar* und *am Berg allein in einer Höhle* und *blickte ich in jenen Hain um Mitternacht*. Er schrieb *Unnur*. Er schrieb *du* und *von Süden* und *atme*, und dann schrieb er *Gras* und *Strand* und *blau* und *Land*. Er schrieb *sei*. Lange saß er und schrieb weiter und schaute auf die Leute in seinem Innern, die dort ohne Verheißung umherstrichen, schaute aufs Meer und den Himmel und sein Sehnen. Er dachte an Dinge, die ihm widerfahren waren, manche schön und andere hässlich. Er dachte an die Menschen, die er gekannt und verloren hatte – die sanften Frauen, die guten Freunde. Er schrieb *Gras* und *Strand* und *Meer*, und diese Wörter handelten von allem, was er verloren hatte. Das Meer war tief, der Strand war leer, das Gras war windgepeitscht. Das Meer war Verlust, der Strand war Einsamkeit, das Gras war Schmerz. Das Meer war kalt, der Strand war steinig, das Gras war fest. Das Meer war dort und hier, der Strand war hier und nicht dort, das Gras wäre nicht hier und nie dort. Er hörte einen Klang. Der Schicksalsmoment verging.

~~~

Er steht in der Küche am Schreibpult und hebt wartend den Stift. Vor ihm liegt eine Mappe mit dem Gedichtzyklus *Duft von Asche*, und er möchte ein Gedicht hinzufügen, um es nachher bei der Feier zu lesen. Er möchte etwas Neues vortragen und wartet auf das Gedicht. Wenn es kommt, wird es sich auskennen. Dies ist seine Welt. Die Bücher, die alle Wände und selbst den Keller ausfüllen. Die alte Orgel, auf der er seine Lieder komponierte, als er sich noch mit derlei beschäftigte, darunter den Valeyri-Walzer, der ihm immer noch Tantiemen einbringt. Die Postkarten, die er sammelt. Die Steine, die er vom Strand mitbringt. Die Farben, die Stifte, die Zeichnungen, ein Taschenmesser, Laubblätter in ihrem schönen Tod. All seine vergangenen Schatten. Hier ist er vor langer Zeit zu einem Muscheltier geworden – das antwortet er, wenn die Leute ihn fragen, warum er nicht in die Stadt ziehe. Hier
~~~

lebt er sein Leben – und Unnurs, obwohl sie längst tot ist. Und das Gedicht wird sich auskennen, wenn es auf diesen weißen Papierbogen geflattert kommt.

Er hebt wartend den Stift, nippt an dem kalten Kaffee und schaut auf, während er den Becher abstellt, streicht sich über den Bart. Durchs Fenster sieht er Chor-Kata auf dem Fahrrad vorbeifahren, die Stirn gerunzelt, konzentriert und nachdenklich, in einem weißen Kleid mit blauen Punkten. Er lächelt und setzt den Stift an, um in sein Notizbuch zu schreiben, das neben dem weißen Papierbogen des Gedichtmanuskripts liegt. Er schreibt *Meer, Strand, Gras.* Das Gedicht ist im Morgengrauen davongeflattert, es ist ihm entglitten. Es glitt hinaus in quellblaue Gefilde. Er weiß, dass Flügel darin waren und Segel, Zeit, Richtungen und ein Ton – alles schwindet. Und heute Nacht, wenn die Sonne untergegangen ist und der Wind sich gelegt und die Eiderente ihren Schnabel unter den Flügel gesteckt hat und eine einzelne Möwe zu ihrem Felsen gleitet wie ein Sonett, geht Smyrill, der Dichter, wieder hinunter zum Strand, setzt sich mit Stift und Notizbuch auf einen Stein und wartet geduldig auf sein Gedicht. Dann hört er einen Klang. Es ist der Gesang der Sterne, der über die Weltmeere hallt.

»WHEN I'M SIXTY-FOUR …«

Der Nachmittag pulsiert. Árni steht nach seinem Mittagsschläfchen draußen auf der Treppe, steckt sich die Pfeife in den Mund, ohne sie anzuzünden, und betrachtet eine Weile die haltsuchend umherschwebenden Samen der Pusteblume, hört das ferne Rufen der Kinder, die auf den Trampolinen toben, Vogelgeschrei vom Meer und das Tuckern eines Motorboots auf dem Weg an Land. Rasenmäher knattern und ein Radio plärrt, und da kommt Kata, die den Chor leitet, in einem weißen Kleid mit blauen Punkten angeradelt. Er schaut sie an und hebt die Pfeife, doch sie scheint ihn nicht zu sehen.

Er geht ins Haus, pinkelt, wäscht sich die Schlafträume aus dem Gesicht, putzt sich gemächlich die Zähne, als sei Morgen, schaut einen Moment in den Spiegel, ohne sich oder sonst jemanden zu sehen, geht zurück ins Schlafzimmer, spürt den alten, abgewetzten Holzboden unter den nackten Fußsohlen sanft schwingen. Er mag das, und für einen Moment fühlt er seine Kinderfüße auf diesem Boden, so wie früher, als er hier bei seinen Großeltern war. Er holt ein blaugestreiftes Hemd und eine blaugemusterte Pyjamahose heraus und denkt: Ich darf diese Hose ruhig tragen.

Er schlendert in die Küche, gibt Wasser in einen kleinen Topf und Kaffee in den Filter, schätzt die Menge ab, dabei weiß er, dass sie aufs Korn genau stimmt, nimmt dann den Topf vom Herd und gießt auf, sodass sich die Küche mit Kaffeeduft füllt, schenkt sich eine Tasse ein, hebt sie hoch, doch bevor er trinkt, meint er ein Geräusch zu hören, und ein Strahlen tritt in seine Augen. Dann erhebt er sich und geht wieder hinaus auf die Treppe. Dort steht er eine Weile und schaut sich um. Er blickt auf die Kirche direkt gegenüber von seinem Haus – sie ist mit schwarzem Holz verkleidet und demnach ein strenger Richter –, sieht den Berg, spürt eine warme Brise auf den Wangen, und für einen kurzen Augenblick versteht er das Leben des Dorfs.

Und geht wieder hinein und lässt die Tür hinter sich angelehnt.

Er ist in sich versunken. Er lässt das Radio ausgeschaltet und liest keine Zeitung. Er verfolgt keine Nachrichten. Bedächtig nippt er an seinem Kaffee, starrt dann vor sich hin, umgeben von vielen Schichten aus Schweigen. Er stellt die Pfeife an ihren Platz auf den Pfeifenständer, den er vom Dachboden geholt hat, als er hierherzog. Darauf liegen vier weitere Pfeifen, und er wählt mit derselben Sorgfalt, mit der er an seinem Kaffee genippt hat, eine neue. Auf dem Regal liegt noch eine Packung brauner Edgeworth-Tabak, den er sich über alte Kontakte direkt aus England schicken lässt und im Kühlschrank aufbewahrt, mit einer Kartoffel darin, damit er nicht austrocknet. Das Hantieren mit der Pfeife befriedigt ihn, und er denkt: Ich darf ruhig rauchen. Gemächlich stopft er die Pfeife, unten locker, in der Mitte fester, oben locker. Das erste Geräusch nach dem Erwachen kommt vom Anzünden des Streichholzes, ein leises Zischen, und kurz darauf ist er vom warmen Duft des Tabaks eingehüllt. Er spürt, wie sich sein Mund mit einem bittersüßen Geschmack füllt, und sieht wohlriechende Rauchschleier durch das alte Holzhaus schweben.

Gemächlich steht er auf, nimmt eine blaue Strickjacke mit braunen Flicken, die er an einem Abend im letzten Winter selbst aufgenäht hat, vom Stuhlrücken und schlüpft hinein, reckt sich und geht mit der Pfeife im Mundwinkel und den Händen in den Jackentaschen in sein Zimmer.

Als er vor zwei Jahren herkam, erkannten ihn die meisten Dorfbewohner und wunderten sich, warum er hier war, kamen aber schließlich zu der Erkenntnis, dass er allein sein wollte. Alle Leute erinnerten sich an seinen Vater, diesen weltberühmten Fangkönig – Tolli Tonne, der in Valeyri jahrelang Kapitän gewesen war, bis er wegzog, sie verriet und wegzog, um in der Weststadt in Reykjavík ein Hering-Star zu werden –, und Andrés vom Museum meinte, er erinnere sich an Árni als kleinen Jungen in den Sommerferien bei seinen Großeltern im Alten Arzthaus, aber die Leute verstanden trotzdem nicht, warum er das Haus für teures Geld gekauft hatte, wie man sich erzählte, wobei die Summe schwankte und in der Gerüchteküche Tag für Tag größer wurde. Die meisten glaubten, er wolle es als Sommerhaus nutzen, doch dann wurde es Herbst und dann Winter, und er war immer noch im Alten Arzthaus. Manchmal lief er um die Mittagszeit im Jogginganzug durchs Dorf, was viele absonderlich fanden. Kalli sagte, er laufe, als sei er immer auf der Reise irgendwohin, und prompt blieb dieser Name an ihm hängen: Árni auf Reisen, und er hieß nicht mehr Árni Krösus wie bisher. Bald sah man ihn auch morgens im Schwimmbad und sonntags in der Kirche. Als der Valeyri-Chor seine erste Herbstprobe abhielt, ging er hin, um im Bass zu singen. In der Pause plauderte er mit den Leuten, beantwortete bereitwillig ihre Fragen über was auch immer und erkundigte sich höflich nach den Verhältnissen anderer. Um Punkt sechs war er im Lundinn, dem kleinen Restaurant in der Dorfmitte, wo er die Zeitung las und sich freundlich mit der Küchenchefin Fríða und anderen, die ihn ansprachen, unterhielt. Dort saß er eine Weile mit einem Glas Weißwein und aß dann zu Abend. Er aß fast immer das Gleiche: Kabeljau mit Knoblauch, Fenchel und Weißwein, wie er es dem Koch – einem versoffenen ehemaligen Friseur aus Hafnarfjörður – beigebracht hatte, nur donnerstags aß er Pasta mit Anchovis, das hatte er dem Koch ebenfalls beigebracht. Tatsächlich verhielt er sich überhaupt nicht so, als sei er auf Reisen. Er kannte nur wenig Leute, obwohl er schon mal für Jói von der Reederei gearbeitet hatte, und manchmal besuchte er ihn und spielte Whist mit ihm und seiner schönen Frau und dem Bürgermeisterehepaar und der alten Lára, der Tochter von Lalli Lár, oder anderen Herrschaften aus dem Ort – außer Papageitaucher-Lalli, Láras Bruder, denn die Geschwister sprachen nicht mehr miteinander. Er fühlte sich wohl hier. Er redete mit den Leuten über den Fischfang und das Wetter, die Regierung und die Machthaber, den Präsidenten und die Banker. Es kam vor, dass er Geschichten aus seinem früheren Leben erzählte. Keine Geschichten von Palästen, essbarem Blattgold und Reichtümern – danach gefragt, sagte er, mit diesem Luxusgehabe könne er nichts anfangen, obwohl er natürlich die wichtigsten Leute gekannt hätte, und gab stattdessen kleine Anekdoten von Begegnungen mit Prominenten zum Besten, schilderte kuriose Äußerungen in Garderoben und peinliche Vorfälle in Festsälen …

Er war makellos. Unaufdringliches Auftreten, einwandfreie Manieren, vornehme Bescheidenheit. Mit seinem Weißweinglas saß er in einer Ecke des Lundinn auf einem angejahrten Familiensofa des alten Lalli Lár, eine erloschene Pfeife im Mundwinkel, die er ab und zu in aller Ruhe anzündete, hoch gewachsen und schlank, mit großen Pianistenhänden, die Oktaven greifen konnten, und blauen Augen unter halbgeschlossenen Lidern. Manchmal hatte er ein Blatt Papier oder eine Serviette vor sich und zeichnete Boote oder den Berg Svarri oder gar Fríða, wie sie aufrecht durch den Raum ging. Gelegentlich setzte sie sich zu ihm, wenn nicht viel zu tun war, denn er war ein Mann von Welt, und sie stammte aus Karfavogur im Osten von Reykjavík und war unter Schriftstellern und Künstlern aufgewachsen. Sie war undefinierbaren Alters und immer noch attraktiv, hatte hennarotes Haar und einen schönen Körper, den man unter engen T-Shirts und Jeans gut sehen konnte, und manchmal glaubte er, sie würde eines Abends atemlos zu ihm kommen, spät, im Dunkeln, um mit ihm in das alte Arztbett zu gehen. Er wusste nicht, ob er sie empfangen oder abweisen würde.

Nach und nach setzten sich mehr Leute zu ihm, und wenn sich einer traute zu fragen, warum er hergezogen sei, antwortete er: »Um mich von den Menschen auszuruhen. In der Stadt sind so viele Leute, und alle wollen was von mir … Ich wollte … ich musste einfach weg.« Und wiederholte versonnen und ein bisschen gekünstelt: »Musste einfach weg …«

Manchmal äfften die Dorfbewohner ihn nach, wenn er

nicht hinhörte: »Musste einfach weg …«, gaben sich aber damit zufrieden. Sie baten ihn nie um etwas und boten ihm nie etwas an, waren aber stolz darauf, jene Ferne zu sein, in die er gezogen war. Sie hatten das Bedürfnis, ihn zu verteidigen und vor äußeren Einflüssen zu schützen, und wenn Besucher kamen, die sich nach seinem Haus und seinen Verhältnissen erkundigten, gaben sich alle verschlossen und machten geheimnisvolle Gesichter und behaupteten, nichts über ihn zu wissen und sich nicht für ihn zu interessieren – zeigten dann auf ein verlassenes Haus, in dem seit Jahren keiner mehr wohnte. Alle wussten, dass er etwas zu verbergen hatte. Alle wussten, dass er sich etwas zuschulden kommen lassen hatte. Alle wussten, dass er hier war, um eine Art Strafe abzubüßen.

~~~

Heute Morgen war er wie immer direkt nach dem Aufwachen auf die Treppe hinausgetreten und hatte sich mit konzentriertem Gesicht umgeschaut, als hätte er etwas gehört. Er trank seinen Morgenkaffee, zündete sich die erste Pfeife des Tages an und füllte das alte Holzhaus mit schwebenden Rauchschleiern und leichtem Duft, schaltete dann in seinem Arbeitszimmer den Computer ein. Der Tag verging. Er wusste, dass er trotz seiner vierundsechzig Jahre schon ein alter Mann war, denn er war allein. Mutterseelenallein. Er lebte hier draußen auf einer verlassenen Halbinsel. Niemand war mehr da. Er würde allein inmitten von Menschen sterben, die ihm trotz allem fremd waren. Er hatte es nicht anders verdient, hatte sein Leben nicht vernünftig geführt. Er hatte sich gehenlassen.
~~~

Als er Mitte der achtziger Jahre mit Ágústa und einem befreundeten Paar die Werbeagentur *Fahrtwind* gegründet hatte, zeigte sich schnell, was für ein begnadetes Talent er besaß, in der isländischen Gesellschaft zu leben und zu arbeiten. Er war wie gemacht für diesen Job, und dieser Job war wie gemacht für ihn. Auf jedem erdenklichen Gebiet der Werbung war er gleich gut: ein hervorragender Zeichner, ein guter Komponist, treffsicher bei Slogans, und es gab kaum eine Textart, die er nicht auf wundersame Weise beherrschte. Er dirigierte die Worte so, dass sie funkelnd in jede gewünschte Richtung tanzten; die Worte kamen einfach, wenn er sie rief, und erfüllten willig und gehorsam seine Anweisungen. Er las alle Fernsehwerbespots selbst ein, und seine Stimme klang so sehnsüchtig, dass jeder, der sie hörte, ein Verlangen nach etwas verspürte, und so vertrauenerweckend, dass jeder sofort wusste, wenn er dieser Stimme folgte, würde sein Verlangen befriedigt. Aus seinen emsigen Fingern flossen die Zeichnungen. Alles, was er machte, war auf so überraschende und kluge Weise mit den Träumen und Sehnsüchten der Leute verbunden, dass er sie in jede gewünschte Sackgasse schicken konnte, den tanzenden Wörtern und der verlockenden Stimme hinterher. Seine Marktkonzepte hielten sämtlichen Schwankungen stand. Er hatte einen Riecher für das Wirtschaftsleben, sah Trends vor allen anderen voraus, ebenso wie die unvermeidlichen Einbrüche, erkannte die Wogen im Gefühlsleben der Nation und wusste, wann man die Leute zum Kaufen animieren konnte und wann nicht. Er hatte eine besondere Fähigkeit, die speziell isländischen Hypes zu erspüren, so verführerisch wie eine Goldader für einen Goldgräber oder ein Spitzenfang für einen gewieften

Angler: Hüpfseile, Sahnebonbons, Autos, Schuhe, Mäntel, Haarschmuck … Er wurde dafür berühmt, sich in Fanggründe zu begeben, die sonst niemand für ergiebig hielt, und dort stets reiche Beute zu machen. Er war ein Fangkönig wie einst sein Vater – Tolli Tonne, der in den Heringsjahren dafür berühmt war, stets dorthin zu fahren, wohin seine gute Fee ihn geschickt hatte, und dann mit einer Tonne Fisch zurück an Land zu kommen …

Er konnte die isländische Gesellschaft lesen, wusste, dass sich hier alles um Beziehungen dreht – Beziehungen zu haben und zu pflegen. Mit allen, die ihm über den Weg liefen, knüpfte er Kontakte, schon seit der Grundschule und dem Gymnasium. Er war der Dreh- und Angelpunkt sämtlicher gesellschaftlicher Anlässe, und deshalb war er mit dem Zahnarzt befreundet, mit dem Schreiner und dem Abgeordneten, dem Automechaniker und dem Aufsichtsrat, dem Bankdirektor, dem Maurer, dem Friseur, dem Chefredakteur … Alte und neue Bekannte mochten es, wenn er sich an sie wandte, und fühlten sich geehrt, wenn er sie bat, ihm den Weg zu ebnen.

Er las die Zeiten. Die achtziger und neunziger Jahre waren Umbruchzeiten, als im Wirtschaftsleben unterschiedliche Lager gegeneinander kämpften und früher oder später bis zum Äußersten gehen würden – dann könnte er, wenn er klug agierte, davon profitieren, sich mit jedem Einzelnen verbünden, ohne sich einem Lager anzuschließen. Er wusste, dass er Kontakt zur alten Macht-Elite halten musste, der sogenannten Krake, aber auch Verbindungen zu den neuen, angriffslustigen Schwertwalen und überdies zum Tintenfisch brauchte, den viele unterschätzten, der jedoch eine stetige Einnahmequelle war – ja, und zu Sardinen und Seeskorpionen und Kabeljaus und Schellfischen und selbst zu den verdammten Seeigeln, sagte er eines Abends feixend, als sie bei Ágústa und ihm zu Hause die Lage besprachen. Sie hatten das befreundete Ehepaar längst abgehängt, das lahm und gutmütig dasaß und nicht ahnte, dass es noch diesen Monat aus der Firma herausgekauft werden würde.

Es gab kein Lebewesen im Ozean des Wirtschaftslebens, das ihm nicht glaubte und vertraute. Er arbeitete für alle politischen Parteien und für alle Wirtschaftszweige, kurbelte mit dem Talent eines Magiers Karrieren an, machte aus einem verstockten Molkereitechniker einen aufrichtigen Mann des Volkes, aus einem stumpfsinnigen Dänischlehrer einen gewieften Sozi, aus einem Dorfdeppen von den Westfjorden einen bissigen Reykjavík-Hasser. Er schuf. Er kreierte Leute und Trends, Leben und Existenzen, schuf eine Wirklichkeit mit kühnen Zügen und unvorhergesehenen Wendungen, und zwar nicht nur in der Politik, denn er nahm sich auch unbewanderter Menschen an, die es im Wirtschafsleben unbedingt zu etwas bringen wollten, und half ihnen, Verflechtungen einzufädeln, die für ihre Unverfrorenheit und den unglaublichen Profit, den sie aus dem Nichts einbrachten, bewundert wurden. Er kreierte Popstars und Mode-Ikonen, brachte Bands und Duos und Trios zusammen. Kam und sagte: »Nein, versucht doch mal, das Zwischenstück in Moll zu spielen …« Oder: »Hör mal, hast du schon mal eine rote Jacke dazu angezogen?« Oder: »Ihr dürft bei diesem Meeting nur über den Immobilienmarkt sprechen …« Oder: »Denk dran, am Ende des Satzes immer zu lächeln, es sei denn, du redest über Armut …«

Er segelte mit Rückenwind: Er verkaufte den Wind. Er bestimmte jedes Mal für jeden seiner Kunden die Windrichtung.

Er war immer kreativ. Die Tage vergingen, die Abende, die Nächte, die Monate und die Jahre. Er war glücklich. Es kam vor, dass er Ágústa abends anschaute, bevor er sich in den Computer vertiefte, um zu erschaffen, und dachte: Wir sollten etwas zusammen unternehmen. Sie saß in dem roten Sessel in der Ecke des Esszimmers, hatte die Beine hochgezogen und las Romane. Er betrachtete die weiche Biegung ihres Halses, ihre rastlosen Finger, während sie las, ihre blonden Haare, die am Hals hinabfielen und die sie ständig zu allen möglichen Knoten und Zöpfen drehte und dann wieder offen über ihre breiten Schultern fallen ließ – sie war von einer Unruhe umgeben, und manchmal spürte er sie und dachte: Wir sollten etwas zusammen unternehmen.

Doch er sagte nichts. Er versank im Computer und bestimmte die Windrichtung zu anderer Leute Vorteil.

Es kam vor, dass er dachte: Das ist nicht das Leben. Das ist nur Existieren. Wir knüpfen unser Glück zu sehr an unseren Erfolg, unseren Erfolg zu sehr an unser Wohlbefinden und unser Wohlbefinden zu sehr an unseren Konsum. Wir knüpfen unser Leben zu sehr an unsere Existenz.

Dabei wusste er nicht, wem er sich mit diesem Gedanken annäherte. Dem Leben? Was sollte er tun? Sich schlecht fühlen? Sollte er hungern? Aus dem schönen Haus in der Fjólugata ausziehen, wo im Sommer Drosseln und Schneeammern im Garten sangen? Auf einen Torfhof ziehen? Er verspottete sich selbst, verdrängte den Gedanken, nutzte ihn aber später in einer Werbung für eine neue Teesorte.

Sie teilten alles miteinander und machten alles abwechselnd. Er kochte Anchovis-Pasta und indische Gerichte und war dabei so unselbstständig, wie er bei allen anderen kreativen Tätigkeiten selbstständig war, brütete über den Rezepten und maß sklavisch gestrichene Löffel ab. Ágústa kochte immer dasselbe Fischgericht, das nie gleich schmeckte – nie dasselbe war –, stets ein neues Meeresabenteuer. Sie experimentierte jedes Mal mit neuen Gewürzen und neuen Gemüsesorten und neuen Schalentieren, obwohl die Grundlage immer aus Kabeljau und Knoblauch, Fenchel und Weißwein bestand. Zum Essen tranken sie ein Glas Weißwein, und er genoss es, die Armreife an ihren Handgelenken baumeln zu sehen, wenn sie ihr Glas hielt, es schwenkte und nervös und charmant lachte und Geschichten von einer Freundin erzählte, die dauernd gegen Türen lief, oder von ihrer Mutter, die wollte, dass sie ihr eine neue Frisur schnitt – sich aber am Ende nie traute –, von exzentrischen Katzen, die sie mal besessen hatte, verflossenen Liebhabern, aufdringlichen Männern in ihrer Zeit als Stewardess und schönen Gemälden in den Weltmetropolen, die sie zu Tränen gerührt hatten. Anschließend genehmigte er sich einen Nikotinkaugummi und eine Tasse Kaffee und ging ins alte Esszimmer, wo sein Computer auf dem alten Tisch seiner Mutter stand. Wenn er abends von der Arbeit aufschaute, sah er Ágústa mit hochgezogenen Beinen in dem roten Sessel sitzen und etwas ausschneiden oder fernsehen. Sie hatte braune Augen. Er dachte bei sich: Wir sollten mehr zusammen unternehmen.

~~~
~~~

Donnerstagabends liebten sie sich, und er freute sich die ganze Woche darauf – vielleicht eine Hinterlassenschaft der fernsehfreien Donnerstage, die es noch gab, als er ein junger Mann war. Dann kochte er ein Pastagericht mit Anchovis, das er stimulierend fand, trank Weißwein dazu, der ihn ebenfalls stimulierte, und zog eine alte rote Tunika an, eine Art Kittel mit weitem Halsausschnitt, in dem er sich für unwiderstehlich sexy hielt. Jedes Mal, wenn er sie berührte, spürte er ein Prickeln. Er berührte ihr Haar, ihre Wangen, ihren Hals, ihre Schlüsselbeine, ihre Brüste, ihren Rücken, schob langsam ihre Beine auseinander, öffnete sie. Sie erwiderte seine Berührungen, schloss die Augen und öffnete den Mund, räkelte sich, strich über seine Brust, griff in seinen Nacken und zog ihn zu sich, öffnete ihn. Die Lust war überwältigend und kurz. Danach lagen sie nackt und offen nebeneinander und sprachen über ihre Woche, Farben, Gedichte, Pferde, Wein, witzige Leute, denen sie begegnet waren. Dies war ihr offener Ort. Er lag mit ausgestreckten Armen auf dem Rücken neben ihr, und in seinem Kopf sang unkomponierte Musik.

Sie waren zu zweit.

Abends saßen sie oft zusammen im kleinen Esszimmer, er am Computer und sie in dem roten Sessel, wo sie Romane las, Schnipsel für ihr Sammelalbum ausschnitt, an ihren Haaren herumnestelte und nachdachte. Arvo Pärt auf dem Plattenteller. Manchmal ging er raus und spazierte zum Stadtteich, ging vielleicht in eine Kneipe, wo er die Mädchen betrachtete und belauschte wie Knospen eines zukünftigen Zeitgeistes, während er vorgab, alten Schulkameraden zuzuhören, die ihm neue Flächennutzungspläne für ihre hypothekenbelasteten Wolkenburgen präsentierten. Wir hören voneinander, lautete sein allgegenwärtiger Abschiedsgruß, wenn er aufstand und in den kühlen Innenstadtabend hinausging. Manchmal traf sie sich mit ihren Freundinnen, und manchmal legte sie sich im Schlafzimmer ohne Buch unter die Bettdecke und schlief nicht, sondern lag mit offenen Augen da und blickte in ihr Inneres. Sie war präsenter, wenn sie nicht in dem roten Sessel saß. Sie lag verschlossen da.

Nach drei gemeinsamen Jahren sprachen sie davon, vielleicht ein Kind zu bekommen. Drei Jahre später sprachen sie davon, vielleicht ein Kind zu adoptieren. Manchmal rief sie ihre Freundinnen an, um über Kinder zu reden, und alle bestärkten sie eindringlich und erzählten ihr von Fällen, bei denen es hervorragend geklappt hätte, und ein paarmal rief sie bei der Adoptionsstelle an, während er neben ihr saß, ihre Hand hielt und nickte, doch sie drückte immer den roten Knopf, bevor ein Gespräch beginnen konnte. Manchmal fragte er: Sollen wir nicht ein Kind adoptieren?, und dann nickte sie, biss sich auf die Lippe und sagte ja. Doch die Tage vergingen, die Monate, die Wochen und die Jahre, und sie drückte immer den roten Knopf, bevor ein Gespräch beginnen konnte. Manchmal ging sie nicht zur Arbeit, sondern lag angezogen auf dem Bett unter der Decke, mit offenen Augen, und blickte in ihr Inneres, verschlossen. Manchmal kam sie donnerstagabends nicht zum Essen runter, obwohl er den roten Kittel trug und seine Anchovis-Pasta kochte. Dann aß er allein und trank die ganze Weißweinflasche allein, ging dann rauf ins Schlafzimmer, setzte sich zu ihr auf die Bettkante und strich ihr ratlos über den Kopf, während er ihr zehn Dinge aufzählte, die das Leben lebenswert machen.

Eines Abends verschwand sie und kam erst am nächsten Tag zurück. Er schrie sie an und schüttelte sie, schlug sich selbst mehrmals auf die Stirn, doch sie schwieg nur verschlossen und ging dann rauf ins Schlafzimmer, legte sich vollständig bekleidet ins Bett, zog sich die Decke über den Kopf, lag mit offenen Augen da und blickte in ihr Inneres. Als er sie später am Abend fragte, wo sie gewesen sei, behauptete sie, bei ihrer Freundin vor dem Fernseher eingeschlafen zu sein. Er wusste, dass sie nicht getrunken hatte, aber nicht, ob sie Tabletten genommen hatte. Er wusste gar nichts.

An einem Montagabend im Herbst saß er vor dem Computer, er hatte leise Musik aufgelegt, ein Hauch von Streichern, dichtgewobene, leise Stimmen. Sie saß mit einem Roman auf dem Schoß in dem roten Sessel. Es war kalt im Raum. Draußen toste der Herbstwind, und durch die undichten Fenster kroch ein kalter Luftzug. Die Gardine bauschte sich. Sie trug einen Schal und fingerte beim Lesen an den Fransen herum. Dann stand sie plötzlich auf und kam zu ihm an den Computer. Sie störte ihn. »Was machst du gerade?«, fragte sie leise und lächelte. »Störe ich dich?« Er schüttelte den Kopf, ohne etwas zu sagen, lächelte. Sie legte ihre gespreizten Finger auf seinen Kopf und strich darüber, und da spürte er, wie ihn ein tiefer und starker Strom durchfuhr. Es war Sehnsucht. Ihm war, als befänden sie sich tief in einem flachen, düsteren, hässlichen Gebäude mit bizarren Gängen und so niedrigen Decken, dass man gebückt darin herumtappen musste, und nirgends Musik, nur ein leises Summen, und nirgends Farben, nur beige Wände, dunkle Wände. Und alle Zimmer gleich. Ihm war, als fänden sie nicht den Weg aus diesen Gängen zu dem Ort, an dem sie sein sollten, ihrem Ort – dem offenen Ort. Er wandte den Blick vom Bildschirm ab, drehte sich mit dem Stuhl zu ihr, nahm ihre Hand, schloss die Augen und lächelte verkrampft. Er fand ihren Ort nicht. Ihm war, als wären sie immer noch in einem engen und düsteren Raum voller Summen und Gängen. Und obwohl er immer noch die Augen geschlossen hatte und ein Lächeln auf den Lippen, das Zufriedenheit und diese große, in ihm brodelnde Sehnsucht zum Ausdruck bringen sollte, spürte er ihre Angst. Sie hatte ihn lange nicht berührt und schien sich nicht sicher zu sein, ob er ihre Berührung wollte oder meinte, sie müsse selbst ihren Ausweg aus diesem düsteren und engen Labyrinth finden; er fand nicht die Worte, ihr zu sagen, dass er nichts anderes wollte, als von ihr berührt zu werden; er stand auf, konnte jedoch die Arme nicht heben, die wie bei einer Marionette leblos am Körper herabhingen, konnte sie nicht in den Arm nehmen. Ihr Streicheln wurde ratlos und kreiste um dieselbe Stelle an seinem Hinterkopf, bis es aufhörte und ihr Gesicht zu einer Maske erstarrte. Ein freundliches Lächeln. Er lächelte zurück, während er mit aller Macht versuchte, einen Weg zu ihrem gemeinsamen Ort zu finden, indem er ihr von einer Äußerung erzählte, die er an dem Tag gehört und lustig gefunden hatte. Die Geschichte funktionierte nicht, denn sie war überhaupt nicht lustig, und ihre Versuche, darüber zu lachen, machten ihn sofort todmüde und wütend. So standen sie sich gegenüber, in einem flachen und hässlichen Gebäude an einem düsteren Ort, mit nichts als einer überwältigenden beidseitigen Sehnsucht. Sie war fast dreißig und er um die vierzig. Sie hatte schulterlange blonde Haare, er graue Haarstoppeln auf dem Kopf. Beide waren groß und schlank. Beide hatten Grübchen in einer Wange. Beide hatten lange Arme, lange Hände, lange Finger. Sie hatte braune Augen, seine Augen waren blau. Er spürte weder sein Leben noch seine Existenz, als er sie leise in die Küche gehen sah, wo sie sich ein Glas Wasser holte. Dann stieg sie die Treppe hinauf, ins Schlafzimmer. Er nahm sich vor, erst einzuschlafen, wenn er ihren Ort gefunden hätte, ihre Liebe zurückgewonnen hätte. Auf dem Weg die Treppe hinauf versuchte er, im Geiste zehn Dinge aufzuzählen, die das Leben lebenswert machen.

Als er das Zimmer betrat, hatte sie die Augen geschlossen und reagierte nicht auf seine Versuche, sie zu wecken und ihr von den zehn Dingen zu erzählen, die das Leben lebenswert machen. Als er am nächsten Morgen aufwachte, war sie weg. Sie kam nie mehr nach Hause.

~~~

Er wacht morgens auf und tritt hinaus auf die Treppe und schaut sich suchend um, geht dann wieder hinein und pinkelt, kocht Hafergrütze, gießt Kaffee auf, zündet die Pfeife an und geht dann in sein Zimmer, um weiter an der Geschichte des Orts zu schreiben. Er ist immer allein, liegt jede Nacht da mit nichts als der Abwesenheit im Arm. Aber sie ist in fremde Länder gereist, denkt er, sie ist hinaus in die Welt gezogen, irgendwo in den Süden. Nach Marokko oder Martinique – irgendwo in den Süden, wo die Gebäude hell sind und von allen möglichen Säulen verziert, wo die Morgenbrise lau ist und die Haut der Menschen weich. Der Süden stünde ihr gut. Sie würde eine weiße Tunika tragen, hätte glatte, graumelierte Haare, würde in ihrem Restaurant arbeiten, abwaschen, Wechsel-
~~~

geld herausgeben, sonnengebräunt und mit hübschen Falten, die Familien bedienen, die um Punkt sechs kämen, um ein Fischgericht zu essen, das ständig weiterentwickelt würde, aber immer aus Kabeljau und Knoblauch, Fenchel und Weißwein bestünde. Die Sonne fiele durch die Westtür hinein. Auf einmal wäre ihr, als hörte sie etwas, ein Strahlen träte in ihre Augen, und sie ginge hinaus auf die Treppe und schaute sich suchend um.

DIE WEISSE UND WUNDERSAME DIMENSION

Kapitän Guðjón denkt an den Eistaucher, den er letzte Nacht auf dem Valeyri-See hinten im Tal gesehen hat, wie er majestätisch übers Wasser glitt und dann lange tauchte, um nach Fischen Ausschau zu halten, als hätte er genug Zeit, wäre frei. Sveinsína ist gerade mitten in einem Gitarrensolo, das Biggi vor vielen Jahren bei einem Konzert im Austurbær-Kino spielte und von dem er später am Abend sagte, es sei nur für sie gewesen. Sie sitzen am Küchentisch und essen Creme-Kekse, das alte Ehepaar. Seinen Kaffee trinkt er wie immer aus einem Milchglas, das die Farbe einer mehrere Wochen alten Pfütze hat. Er schlürft gern Kaffee, wenn er den Mund voller Creme-Keks hat, mag es, wenn der Keks weich wird und im Kaffee zerfällt und der Geschmack der Creme sich mit dem Kaffeegeschmack vermischt. Er denkt an den Eistaucher, den er in der Nacht gesehen hat, und an die Weißwangengans, von der er gehört hat und nach der er am Abend Ausschau halten will. Seine Gedanken kreisen um Vögel, während er durchs Fenster sieht, wie der Nachmittag in der Sonne pulsiert. Er hört den Rotschenkel *tju-tju-tju* rufen und denkt daraufhin an den Austernfischer, der *klipp-klipp-klipp* ruft, als wolle er einen vor sich hertreiben – ob sie einander verstehen, der Rotschenkel und der Austernfischer? Auf diese Idee ist er noch nie gekommen, obwohl er oft über Vögel nachdenkt und sie auf Landgang und in den Sommerferien immer beobachtet. Letztens hat er einen Krabbentaucher gesehen, und es war wie ein guter Fang, diesen kleinen, zähen Vogel beobachten zu dürfen, der so schlau war, sich aus Island fortzumachen …

Dann denkt er an seine Jungs, die Mannschaft, und an die Tour, die gut war, an den neuen Studenten aus der Stadt, an den Steuermann Garðar und seine Gallensteine, die er sich endlich rausnehmen lassen sollte, an Bangsi und ob er sich Sorgen um ihn machen muss.

Sie nimmt einen Keks, beißt hastig hinein, als wollte sie ihn töten, schluckt ihn dann halb gekaut runter, als würde sie das Ganze schon wieder bereuen. Durchs Küchenfenster sieht sie Chor-Kata auf dem Fahrrad die Straße entlangfahren. Sie denkt an Biggi und seine blonden Haare, die immer so sauber und dick waren, und an sein Gitarrensolo bei dem Konzert im Austurbær-Kino, das nie enden wollte, nicht enden durfte, immer lauter und lauter wurde, schneller und schneller, weiter und weiter in immer neue Richtungen flog, höher, schneller, weiter. Nach dem Konzert sprachen alle über sein Gitarrensolo, wie er geradezu aus seinem Körper hinausgetreten sei in eine Art *weiße und wundersame Dimension.* Jemand schrieb es ein paar Tage später im *Þjóðviljinn* genau so: »… in eine weiße und wundersame Dimension.« Sie denkt daran, wie schade es ist, dass er nie eine richtige Aufnahme davon gemacht hat, eigentlich von nichts eine richtige Aufnahme gemacht hat, nichts von dem geblieben ist, was er tat und konnte, wie wenig von ihm übrig ist, wie ihn alle außer ihr vergessen haben. Sie hört im Geiste das Solo, lässt sich hineinfallen, verweilt eine Zeitlang in dem bombastischen Wirrwarr, dem grellen Schein, fliegt. Dann fragt sie Guðjón, ob er mehr Kaffee will.

»Ja, danke, mein Schatz.«

Sie füllt sein Glas zur Hälfte, holt dann die Milch aus dem Kühlschrank und gießt es voll.

»Möchtest du vielleicht einen Schmalzkringel?«

»Ja, danke, mein Schatz.«

Sie steht auf, holt eine Tüte Schmalzgebäck aus dem Schrank und legt es kreisförmig um die Creme-Kekse auf den Teller.

Er sagt: »Hör mal, Sveinsína. Der Bangsi. Ich weiß auch nicht. Sollen wir ihn und Gugga und die Kinder nicht zum Essen einladen?«

»Ja, klar. Ruf ihn einfach an. Sie können doch morgen kommen, heute Abend ist ja das Konzert, und Bangsi singt natürlich. Lief die Tour gut?«

»Ja, ein hübscher kleiner Fang«, sagt er.

Er denkt an den Eistaucher, seinen schwarzen Kopf, seine roten Augen, seinen rautengemusterten Rücken, seine stolze Haltung, wenn er über den See schwimmt, und wie er dann ganz plötzlich untertaucht, wenn ihm danach ist, und so lange unter Wasser bleibt, wie er will, und alles fängt, was er will. Er denkt: Ich wünschte, ich wüsste, wie es ist, frei zu sein.

Sie denkt an den langen Winter, als Biggi starb. Damals war Bangsi vier Jahre alt. Sie wohnten in einem Block in Ljósheimar in Reykjavík, und Biggi arbeitete auf dem Bau und spielte am Wochenende im Hotel Borg mit den alten Halunken von der Binni Frank Band, die wie

Handwerker spielten, alles nach Noten und kein richtiges Solo – bei denen durfte er nicht fliegen. Sie waren fast noch Kinder, und er war wie ein Vogel, der im Tran gelandet ist.

»Woran denkst du, mein Schatz?«, fragt er und tunkt einen Schmalzkringel in den hellbraunen Kaffee.

»Ich denke an Biggi«, sagt sie und streicht mit Zeigefinger und Daumen über den Griff der Kaffeetasse. »Und an seinen letzten Winter.«

»Ja«, sagt er. »Das war kein Leben.«

»Ach nein«, sagt sie.

»Ach ja«, entgegnet er.

»Glaubst du, es geht Bangsi schlecht?«

»Ich hoffe nicht. Nein, wohl kaum. Das ist bloß so ein Gefühl. Nur Quatsch. Ach was. Der schafft das schon.«

Das Fenster steht offen. Sie hören ihre Leute: das Jauchzen von Bangsis und Guggas Kindern beim Trampolinspringen, das Tuckern des Motorboots *Bangsi VA*, das sich dem Land nähert, und das ferne Rauschen des Meeres, vermischt mit salzigem Geruch. Sie hören den Rotschenkel *tju-tju-tju* rufen, das ferne Kreischen einer verwirrten Küstenseeschwalbe, den ungeduldigen Austernfischer, der *klipp-klipp-klipp* ruft, als wollte er dem Mahl ein Ende bereiten. Ob all diese Vögel die Rufe der anderen verstehen? Die Sonne strömt ins Zimmer und beleuchtet jeden Winkel und auch ihre breiten, etwas aufgedunsenen Gesichter; beide haben Pausbacken, Schweinsäuglein und kurze Hälse, sind stämmig – beide sind bärenstark, können alles heben, alles lösen, wissen für jedes Problem einen Rat.

»Und du, Guðjón?«, fragt sie sanft, während sie seine Hand berührt und leicht drückt. »Woran denkst du?«

»An nichts Besonderes«, antwortet er. »Sollen wir heute Abend nach dem Konzert ins Tal reiten? Und nach Vögeln Ausschau halten? Du kannst den Schecken nehmen.«

»Das wäre schön«, antwortet sie.

~~~

Er denkt an den Eistaucher auf dem Valeyri-See und wie er sich in der hellen Nacht fortbewegte und klagende Rufe ausstieß, dieses wehmütige Heulen, oder war es ein Lachen? Dann ganz plötzlich untertauchte, als ihm danach war, als wüsste er, wie man es anstellt, frei zu sein. Er war allein, was nur selten vorkommt. Sie denkt an Biggi und an den langen Winter, als er starb, jenen Winter in Reykjavík in diesem furchtbaren Wohnblock, und Bangsi war erst vier Jahre alt und folgte seinem Papa auf den Balkon und sah ihn im sechsten Stock auf das Geländer klettern und dann springen, sah seinen Papa kurz in der Luft fliegen – in seiner weißen und wundersamen Dimension fliegen –, bis er auf den Asphalt aufschlug. Früher, als Bangsi noch trank, erzählte er manchmal, dass er sich daran erinnere, aber sie war sich nicht sicher. Der erzählt so einiges, der Bangsi.

Doch eines weiß sie: Er trägt das Fliegen und das Fallen gleichermaßen in sich. Er wurde im Aufwind nach dem Konzert im Austurbær-Kino gezeugt, als Biggi das Solo spielte, das einfach immer weiterging, höher und höher flog, schneller und schneller, das Solo, über das alle sprachen – und das für sie bestimmt war. Sie hört es jeden Tag. Bevor sie abends einschläft, sieht sie Biggi auf der
~~~

Bühne im Austurbær-Kino in seinem violetten Rüschenhemd mit seinen dicken langen Haaren, die immer so sauber waren, und dann kommen die Töne, schrill und frei, und schicken sie in eine weiße und wundersame Dimension …

DER ABEND KANN KOMMEN

Das Leben ist draußen. Manchmal meint sie zu hören, wie es vorbeizieht. Da ist ein Geräusch, ein Luftzug, kaum wahrnehmbar, und dann weiß sie, dass das Leben gerade vorbeigezogen ist. Sie hört Kinder jauchzen und rufen, und manchmal würde sie gern die Tür öffnen und ihnen Lakritz oder eine Cola anbieten, doch wenn es dann so weit ist, traut sie sich nicht. Und die Kinder bleiben draußen und sie drinnen. Sie hört Flugzeuge und Autos und Motorräder und Rasenmäher und Kreissägen und denkt bei sich, so ist die heutige Zeit. Dieses ständige Tempo. Dieser unpersönliche Lärm. Diese widerwärtige Brutalität. Sie wird drinnen bleiben.

Hier drinnen. Sie hat gespült, hat überall gewischt und gesaugt. Die Lammkeule ist im Ofen, sie hat sich viel Zeit gelassen, sie mit Kräutern aus dem Garten zu würzen, Thymian und Rosmarin, Basilikum, Minze … Sie wird sie genießen, wenn die Soße fertig ist und die Kartoffeln gekocht sind. Das Essen wird für die ganze Woche reichen, wenn nicht gar länger. Die Waschmaschine läuft, und *Our House* von Crosby, Stills, Nash & Young dreht sich auf dem Plattenteller: Ich zünde den Kamin an, und du stellst die Blumen in die Vase, die du heute kauftest, und dann singst du das Lied, das du für mich schriebst, nur für mich – sie singt mit einer undefinierbaren, aber genau passenden Zwischenstimme. *Now everything is easy 'cause of you* … und nun kann der Abend kommen. Der Nebel und das Unbehagen verschwinden. Das Abendlicht mit seiner tausendjährigen Stille strömt langsam und unbeirrt durchs Wohnzimmerfenster. Das Haus riecht nach Lamm, Gewürzen und Sauberkeit. Sie hat geduscht und dann die schicke graue Hose angezogen und das blaue T-Shirt mit dem Bild, das ihr Sohn Gummi drucken ließ, um für sein Lokal in Akureyri zu werben, das er vor ein paar Jahren betrieben hat. Ihre Haare sind noch nass, und sie hat sie glatt nach hinten gekämmt, sodass ihr feines Gesicht mit den sanft geschwungenen Wangenknochen, den blauen Augen, dem kleinen Kinn und dem schmalen Hals runder erscheint. Sie wirkt jugendlich, ist schlank und allen Leuten gegenüber zuvorkommend. Alle mögen sie … Irgendwo gibt es auch noch alte Freunde, und jetzt sitzt sie am Wohnzimmertisch, während sie mitsingt – Crosby, Stills, Nash, Young & Jósa – und alte Klassenfotos einscannt, um sie anschließend auf Facebook zu stellen. Sie schaut auf, als gäbe es vor dem Wohnzimmerfenster etwas zu sehen, doch da ist nichts, bis auf diese Ausländerin, die am Ende der Straße auf dem Fahrrad vorbeifährt – die mit dem Chor, in dem sie auch singen würde, wenn Kalli nicht wäre. Sie schaut wieder nach unten, lässt ihren Blick über die Gesichter auf den Fotos schweifen, sieht aber nur Kalli und sich. Später am Abend wird sie vielleicht Popcorn in der Mikrowelle machen und zwei Dosen Bier trinken und dabei fernsehen. Vielleicht einen alten Spielfilm oder eine Krimiserie, vielleicht Benny Hinn auf Omega, falls der heute

Abend kommt, der ist immer ganz unterhaltsam, auch wenn sie nicht besonders gläubig ist. Er ist so lebendig und quirlig und erinnert an Kalli, es geht so viel Energie von ihm aus. Und er hat die Fähigkeit, in das Leben von Leuten einzudringen und im Handumdrehen ihre Probleme zu lösen, indem er sie anschubst oder sie vom Heiligen Geist anschubsen lässt, da ist sie sich nicht sicher. Sie selbst schert sich nicht mehr um Therapien und Veränderungen, zumal sie nichts anderes plagt, als dass das Leben draußen ist und sie noch nicht besonders alt.

Sie ist nicht alt, und dennoch ist es lange her, seit jemand vorbeigekommen ist, lange her, seit sie sich für etwas begeistert hat, lange her, seit sie Leute getroffen hat. Sie geht jeden Tag zur Arbeit in der Bank und sitzt auf ihrem Kassenstuhl und bedient die Kunden, die noch kein Online-Banking machen – aber das ist nicht Leute treffen. Auf dem Heimweg geht sie einkaufen, und da begegnet sie manchmal den unterschiedlichsten Leuten, die die unterschiedlichsten Dinge zu ihr sagen. Aber das ist nicht Leute treffen. Manchmal kommt Sveinsína, Kallis Schwester, zu Besuch und setzt sich an den Küchentisch und erzählt von ihrem Guðjón und ihrem Bangsi und anderen aus dem Ort und von deren Kindern und deren Verwandten und den Verwandten der Verwandten und deren Kindern. Aber das ist nicht Leute treffen.

Sie ist immer allein. Manchmal ruft Gummi an. Letzten Sommer kam er, war allein und fragte, ob er übers Wochenende bleiben dürfe, er wolle Kabeljau für sie kochen und Weißwein mitbringen, es sich mit ihr gemütlich machen. So ist er, aufmerksam – liebenswert. Dann kam er an einem Freitag gegen Mittag mit einem Rucksack voller Gewürze und Gemüse, Knoblauch und Ingwer und

Koriander und Dill, Tomaten, Fenchel und Gott weiß was, ein paar Flaschen Weißwein, die er sofort in den Kühlschrank stellte. Er knetete blitzschnell einen Brotteig und stürmte dann runter zum Kai, um zu sehen, ob er frischen Kabeljau bekäme, bekam aber keinen und ging in den Supermarkt, wo es nur tiefgefrorene Schellfischfilets gab, ließ sich aber nicht unterkriegen und ging zu seinem Vater Kalli in die Werkstatt, und der sprach mit Bangsi, der sich bereit erklärte, mit ihm zum Fischen rauszufahren. So ist er, der Gummi. Er gab nicht auf, bis er den Kabeljau besorgt hatte, den er für seine Mutter kochen wollte, und es war sieben Uhr, als er mit zwei schönen Kabeljaus zurückkam, er nahm sie aus und filetierte und entgrätete sie, und dann wurde eine Flasche Wein aufgemacht und gekocht, während er ihr von all dem erzählte, was ihm im Leben passiert war, und sie ihm nichts von dem erzählte, was ihr im Leben nicht passiert war. Das war so ein Moment. Sie lauschte seiner Stimme an diesem Abend und betrachtete das Lächeln in seinen Augenwinkeln und auf seinen Lippen. Seine Worte dufteten. Sie waren erfüllt von einem süßen und exotischen Aroma, so wie jeder Bissen des Kabeljaus. Sein Leben war voller Kraft und Farbe gewesen und hatte sich draußen abgespielt, während sie hier drinnen gewesen war.

Er erzählte ihr zum ersten Mal von seinen rastlosen Jahren, als er in fernen Ländern unterwegs war. Er war durch Südamerika gereist und auch durch Europa und irgendwie mitten im Balkankrieg gelandet, und während ringsum die Bomben einschlugen, verliebte er sich in ein Mädchen mit einem langen Namen, den er sich nie merken konnte, weshalb er sie einfach Ása nannte, und sie waren eine ganze Woche ununterbrochen zusammen. Sie war für die Hälfte von allem, was ihn zum Mann machte, verantwortlich, doch dann war es an der Zeit, nach Hause zu fahren, und sie versprachen sich, einander zu suchen, wenn der Krieg vorbei wäre, und sie lag die ganze Nacht in seinen Armen, während draußen die Bomben fielen, bis es Morgen war und das graue Tageslicht seine Wirklichkeit über ihr Dasein breitete. Wusstest du das nicht, Mama?, fragte er, und sie sagte nein und hörte für einen Moment auf zu kauen. Ich weiß immer noch nicht, was aus Ása geworden ist, denk dir nur, sagte er: Vielleicht ist sie tot. Ich denke den ganzen Tag an sie, wenn ich morgens aufwache, bis ich abends einschlafe …

Und einmal, in Südamerika, lag er nachts wach im Zelt – das war irgendwo in Bolivien –, und auf einmal bemerkte er etwas. Ein leises Rascheln. Habe ich dir das noch nie erzählt, Mama? Nein, antwortete sie. Ja, da war ein Rascheln, ich hatte das Gefühl, da wäre etwas, und auf einmal, urplötzlich, ist ein Mann über mir, und ich spüre – das ist die reine Wahrheit –, ich spüre ganz deutlich eine kalte Messerklinge an meiner Kehle. Und ich schwöre dir, dass ich bis heute nicht weiß, wie mir geschah, was da ablief, woher ich die Kraft nahm, aber mit tierischem Gebrüll, auf Isländisch – ich schrie einfach »Verflucht noch mal, zum Teufel mit dir!« oder irgend so was –, mit tierischem Gebrüll und mit Gottes Hilfe oder weil ich den Teufel anrief, schaffte ich es irgendwie, diesen Schuft von mir zu stoßen und mich rittlings auf ihn zu setzen, und das Nächste, woran ich mich erinnere, ist, dass er aus dem Zelt rennt und ich das Messer habe und ihm hinterherrufe: »Verflucht noch mal, zur Hölle mit dir!« Oder irgend so was. Habe ich dir das noch nie erzählt? Nein, er hatte es ihr nie erzählt. In Ecuador hatte er eine Erscheinung gehabt, die er am ehesten für einen Geist hielt, und spürte das Böse von ihr ausströmen ... Da gab es Mädchen – in Brasilien, Venezuela und Mexiko –, aber keine liebte er so wie Ása in Sarajevo, von der er nicht wusste, was aus ihr geworden war, die er aber am liebsten suchen würde und an die er jeden Tag denkt. Er hatte den Präsidenten von El Salvador getroffen und sein Interesse für isländischen Geothermie-Anbau geweckt. Er war im brasilianischen Regenwald nur knapp dem Angriff einer Affenhorde entkommen. Er war mit einem Einbaum über den Amazonas gefahren. Sie musterte seine wachsenden Geheimratsecken und seine gewölbte Stirn, gerötet von der Sonne und hitzigen Gedanken, sein blondes Haar, das einen eigenartigen gelben Schimmer bekommen hatte, und seine blauen Augen, die von Abenteuern funkelten. Sie wusste, er war ein hoffnungsloser Fall, dabei war sie sich gar nicht sicher, ob er ein Unglücksrabe war, denn der Kabeljau bekam mit jedem Bissen einen neuen Geschmack, während er sein Leben vor ihren Augen und Ohren ausbreitete.

Er war jetzt zweiundvierzig, und sie hatte ihn schon mit achtzehn bekommen. Manchmal hatte sie darüber nachgedacht, ob es sein Leben beeinflusst hatte, dass er in einer Kirche gezeugt worden war. Kalli und sie hatten beim Campen mit anderen Jugendlichen aus dem Ort in einem Zelt gelegen und die ganze Nacht lang immer wieder versucht, miteinander zu schlafen, aber bei Kalli klappte es nicht, weil er zu betrunken war. Sie erinnerte sich, wie der Regen auf den orangefarbenen Zeltstoff geprasselt hatte, wie sie die ganze Nacht in einem glückseligen Zustand dahindämmerte und ab und zu bei einem leichten Höhepunkt aufwachte, während er sich auf ihr abrackerte, bis er erschlaffte und nach einer Weile erneut begann, wenn das Verlangen nach Befriedigung ihn wieder gestärkt hatte. Sie erwachten gegen Mittag und zogen sich an und machten auf dem Campingkocher eine Ochsenschwanzsuppe warm und tranken lauwarme Cola dazu, und auf einmal zeigte Kalli zur Kirche und sagte: »Hey, Jósa, komm, wir sehen uns die Kirche an.« Es regnete immer noch, und in den anderen Zelten rührte sich nichts, als sie aus dem Vorzelt krochen und Richtung Kirche liefen, und die Tür der alten, schwarzen Landkirche knarrte, als sie sie öffneten und hineinschlichen. Sie sagten nichts, lachten oder flüsterten nicht, und doch schien alles still zu werden, als sie die Kirche betraten. Es war, als würde es hell. Es war, als träten sie durch die Pforte ins Paradies, wo alles süße Milde ist. Hier herrschte eine gütige Energie, die Nähe der Engel. Die Decke war blau und mit goldenen Sternen bemalt. Die Kanzel war rot und blau und grün und mit unbeholfenen Darstellungen aus der Bibel verziert, und das Altarbild zeigte Jesus, wie er den Hunger der Menschen mit zwei Fischen und fünf Broten stillt. Er steht mit ausgebreiteten Armen in der Mitte. In seiner einen Hand liegen zwei kleine Fische und in seiner anderen fünf Brote, und er ist umringt von Männern, die offensichtlich Bauern sind, aber die Menschenmenge symbolisieren sollen, obwohl sie überhaupt nicht wie eine Menschenmenge aussehen. Jesus schaut geradeaus, als seien das Brot und die Fische auch für den Betrachter bestimmt. Langsam gingen sie durch die Kirche, auf dem Boden lag ein roter Teppich, der unter ihren Schritten leicht nachgab. Der Altar war leer, die liturgischen Gegenstände wurden offenbar woanders verwahrt. Kalli streckte die Hände aus und berührte sie. Er stand hinter ihr und strich an ihrem Rücken herab bis zum Po. Sie öffnete die Beine. Er küsste ihren Nacken, ihren Hals, ihre Ohrläppchen und streichelte dabei ihren Po und ihren Schritt und ihre Schenkel und ihren Rücken und ihre Brüste. Sie drehte sich um und drang mit ihrer Zunge in seinen Mund, und der Heilige Geist schwebte über ihnen, während sie ihre Kleider abstreiften, überwältigt von Lust, und den Körper des anderen an ihrem eigenen spürten, warm und weich, und als er in sie eindrang, schien bei ihm endlich alles zu stimmen, und er kam ganz sanft innerhalb von einer Minute. Sie blieben noch eine Weile so stehen und hielten die Luft an, als lauschten sie auf den Heiligen Geist oder gar auf die himmlischen Heerscharen, doch sie hörten nichts außer dem Summen der Schmeißfliegen auf den Fensterbänken, sahen nichts außer den Sternen an der blauen Decke. Und erst jetzt merkten sie, dass sie vergessen hatten, die Tür hinter sich zu schließen, und die Kirche sperrangelweit offen stand. Auf der Türschwelle stand ein Schaf und schaute sie entrüstet an, machte dann kehrt und schritt gravitätisch davon. Sie hätten fast laut losgeprustet, zogen sich schnell wieder an und kicherten den ganzen Weg zurück zum Zelt – und auch die ganze nächste Woche, immer wenn sie an ihr Geheimnis dachten.

Während Gummi ihr von seinen Abenteuern in fernen Ländern erzählte, von seinen Liebschaften und Sorgen, überlegte sie, ob sie ihm erzählten sollte, dass sie auch ihre Zeiten gehabt hatte, rare und vergängliche zwar, die aber ihren Glanz gehabt hatten, solange sie andauerten. Sie schwieg. Er schwieg ebenfalls, während er die Teller zum Spülbecken brachte, sie kurz abwusch und in die Spülmaschine stellte. Er machte Kaffee in einer kleinen Espressomaschine, die er extra mitgebracht hatte, und servierte dann zum Kaffee hausgemachte ausländische Schokolade und Aprikosenlikör.

Sie genossen den Kaffee, und er erzählte ihr, dass er Begga und die Kinder verlassen wolle, es sei vorbei. Er sagte, er wolle herkommen und bei ihr wohnen, zumindest für die erste Zeit, das alte Speicherhaus kaufen, das langsam verfiel, und dort ein Restaurant eröffnen, ein Boot kaufen und Kabeljau fangen und ihn dann abends für Gäste und Besucher zubereiten. Er wollte das Lokal *Zu den drei Kabeljaus* nennen und skizzierte das Logo, das der Islandflagge des Hundstagekönigs Jörundur nachempfunden war: drei Klippfische auf blauem Grund. Sie betrachtete seine Stirn, die Geheimratsecken und dieses seltsam gelbe Haar, die blauen Augen voller unsinniger Träume. Sie trank mit ihm den zuckersüßen Aprikosenlikör und den aromatischen Kaffee und sagte ihm, er bereite den Kabeljau wirklich ausgezeichnet zu, das Essen habe geschmeckt wie ein Nationalgericht. Sie sagte ihm auch, dass er ein guter Sohn sei, aber auch ein guter Vater und Ehemann sein müsse, und wenn er herkommen und ein Restaurant eröffnen wolle, was wirklich spannend klinge, müssten Begga und die Kinder selbstverständlich mitkommen. Er dürfe nicht tun, was sein Vater getan hatte.

~~~

Das Leben ist draußen. Manchmal hört sie es, wenn sie lauscht, was sie immer seltener tut. Sie wird eine Weile die alten Platten hören, während sie alte Klassenfotos einscannt, um sie auf Facebook zu stellen, und zur Feier des
~~~

Tages Bier trinken. Sie hat heute ein paarmal auf ihre Seite geschaut. Einige alte Klassenkameradinnen haben ihr zu ihrem sechzigsten Geburtstag gratuliert. Vielleicht ruft Sveinsína an. Gummi ruft bestimmt später noch an, so ist er, das macht er. Manchmal ruft er nur an, um zu quatschen und sich bei ihr zu melden. Sie weiß, dass er ein hoffnungsloser Fall ist und das Restaurant *Zu den drei Kabeljaus* nur in seinem Kopf existiert, inmitten von alten Abenteuern, wahren wie ersponnenen, und seiner Liebe zu Ása, die in Sarajevo das Medaillon aufbewahrt, das er ihr als Erinnerung an ihre ewige Liebe und Treue geschenkt hat, bevor er sie allein ließ. Er hat Begga und die Kinder verlassen, so wie sein Vater damals seine Familie verließ, als Gummi erst sieben Jahre alt war, und sie zurückblieb mit nichts als der Abwesenheit im Arm. Inzwischen hat er sich eine Wohnung in der Innenstadt gekauft und arbeitet als Koch in einem guten Restaurant in der Nähe, sagt aber, er sei trotzdem unglücklich und trinke zu viel. Gleich wird sie die Soße für die Lammkeule zubereiten und sich nach dem Abendessen zur Feier des Tages zwei Bier genehmigen und Popcorn machen und einen Spielfilm im Fernsehen anschauen, vielleicht einen Krimi oder vielleicht auch Benny Hinn, obwohl sie nicht besonders gläubig ist. Nun kann der Abend kommen.

VOM FLIEGEN UND VOM FALLEN

Bei der Einfahrt in den Hafen überkommt einen stets eine gewisse Ruhe, wenn an Bord alles klar ist und nichts anderes zu tun, als ins Ziel einzulaufen. Nichts anderes zu tun: Hält man sich daran, ist man gerettet. Vergisst man es, ist man verloren, auf eine Sandbank geraten, gestrandet. Das ist ganz einfach, und so ist es nun mal. Man geht durch den Ort, und das Ziel ist das Zuhause. Man geht durchs Leben, und die Einfahrsignale sind die Augen der Kinder. Die Hoffnungsfackeln brennen.

Alles klar an Bord der *Bangsi VA*. Alle Leinen fest, die Spinnrollen abgebaut und befestigt, die Schwimmer an ihrem Platz und der Fisch sortiert und in den Boxen auf Eis gelegt. Der Fang passabel. Und wenn man dann am Steuer sitzt, hier bei der Einfahrt – diesen speziellen Geruch in der Nase, das vertraute Motorengeräusch im Ohr und angenehm müde nach der Arbeit an Bord –, und die Nachmittagsbrise in den Ort ziehen sieht mit all ihren Dämonen, dann spürt man, wie einen diese Ruhe überkommt, diese besondere Stille der Welt. Er weiß, dass Gugga genau in diesem Moment zur Wäscheleine geht, um die Wäsche hereinzuholen, in einem weißen Kleid mit blauen Punkten, ihr rotbraunes Haar, ihre breiten

Schultern, die alles tragen, ihre kräftigen Kieferknochen und ihre Augen, die alles sehen, und jetzt, ja, genau jetzt späht sie rüber zu den Kindern, die immer noch jauchzend Trampolin springen, und grinst über irgendeinen Blödsinn, den man letztens verzapft hat. Natürlich trägt sie kein gepunktetes Kleid – woher er das wohl hat? –, aber so ist das Bild, das man sich bei der Einfahrt auf dem Weg nach Hause vorstellt, wenn man über alles Mögliche nachdenkt, anders als sonst über seine Kinder nachdenkt, nicht: Komm essen, zieh einen Pulli an, all das – sondern, was wohl aus ihnen werden wird in den Unruhen der Welt. Man fängt an, über sich selbst nachzudenken und was aus einem geworden ist in den Unruhen der Welt. Und all das.

Das Boot gleitet langsam weiter über das ruhige Meer, pflügt sicher durch die Wellen, und der Eissturmvogel fliegt in einiger Entfernung mit, zufrieden und satt und allein. Man ist immer allein, aber nie so allein wie hier. Und ist man hier an diesem Ort allein – dann ist man es doch nicht wirklich. Wenn die Stille der Welt einen erreicht hat, ist man allein mit dem Himmel und dem Meer, mit seinem Fang, seinem Gesumme, dem Vogel und dem Ziel. In der Welt herrschen Naturgesetze, die keineswegs geheimnisvoll oder kalt sind, und man braucht überhaupt nicht lange, um sie aufzuzählen, alles im Leben ist einfach, alles ist sehr einfach.

So denkt man, während man sich dem Dorf nähert, langsam und sicher, herannahend. Und das Dorf sieht einen in den Hafen einlaufen, verfolgt jede Bewegung und gähnt. Ach, der Bangsi, denkt es zerstreut, lauscht vielleicht auf das Geräusch des Boots, ob auch wirklich alles so ist, wie es sein soll, schätzt ganz schnell und beiläufig den Fang ab. Ja, der Bangsi, mit seinen üblichen zwei-, dreihundert Kilo. Das Dorf weiß alles über einen. Es hat alle Veränderungen gesehen, die man durchgemacht hat, die schlimmsten Erniedrigungen bei den Tanzfesten im Gemeindehaus mit angesehen und auch die guten, stillen Momente. Die Schreie und die Seufzer gehört. Es erinnert sich an die gelbe Jacke, die man mal besessen hat, und an die rote Hose, erinnert sich an den ersten Schluck Schnaps, die erste Zigarette, den ersten Kuss. Und all das.

Denn er hat von Anfang an gespürt, wie das Dorf einen beobachtet und nichts vergisst. Und obwohl man versucht hat, sich darüber lustig zu machen, wegzugehen, Songwriter zu sein und Lieder vom Fliegen und vom Fallen zu singen, mit Gitarre und Verstärker und einem Klumpen Hasch zum Abheben durchs Land gezogen ist, von einer Kneipe zur nächsten, und seine Lieder, wie *Die Milchkühe von Bjarnastaðir*, gesungen hat und all das, obwohl man sich lange Haare und einen Bart wachsen lassen und wieder abrasiert hat, zu- und abgenommen hat, gesoffen und mit dem Saufen aufgehört hat, Gott gefunden und sich dann wieder vor ihm versteckt hat – und all das –, scheint nichts das Dorf überraschen zu können; als hätte das Dorf einen erschaffen und wüsste, was als Nächstes kommt. »Hey, Bangsi, spiel einen Song!«, rufen sie manchmal, und dann gibt man sein Bestes, obwohl sie genau wissen, was als Nächstes kommt, und so wird es auch heute Abend bei der Party sein, wenn man mit der Tanzkapelle von Óli Glanz die alten Schlager gespielt hat.

Das Dorf erinnert sich an die Platte *Aus der Hülle*, die sich nicht verkauft hat. Das Dorf erinnert sich auch an die Rezension im *Morgunblaðið*, in der irgendein Wichtigtuer aus der City so tat, als wäre er superkorrekt, aber eigentlich sagen wollte: Dein Leben, deine intimsten Gedanken, das ist nur Gewäsch, bleib draußen.

Das Dorf erinnert sich, was für ein seelisches Wrack man war, als man mit zerbrochenen Träumen nach Hause zurückkehrte, und auch daran, wie man sich aufraffte und wieder zur See fuhr wie ein echter Mann, und dann gehörte einem eines Tages ein Dreitonner und man ging wieder aufrecht. Das Dorf erinnert sich an alles.

Bei der Einfahrt denkt man: Sein halbes Leben lang versucht man, dahinterzukommen, was das Dorf schon über einen wusste, bevor man auf der Welt war. Wie sehr man sich selbst, sein Leben und seine intimsten Gedanken auch erforscht, das Dorf weiß immer viel mehr. Da gibt es irgendwelche Frauen aus dem Ort, die Mama kennen, sich an Biggi und diese Band erinnern, in der er gespielt hat, die die Geschichte kennen, wie Guðjón in die Stadt fuhr und seine Frau und den kleinen Bangsi holte, nachdem Biggi aus einem Wohnblock in Ljósheimar geflogen und auf den Gehweg gestürzt war.

Ein Schlag auf den Gehweg, und man ist wieder wach. Und denkt wieder an die Wäsche auf der Leine und an Gugga, so groß und stark, und an die Kinder, die auf dem Trampolin auf und ab hüpfen, und an sich selbst beim Hineingleiten in den Hafen, umgeben von der Stille der Welt. Das Meer gibt einem Nahrung und die Gesellschaft der Vögel – es gibt Energie und Kost fürs Gehirn. Es gibt einem Stille, die keine Stille, sondern eine schwirrende Klangkulisse ist. Es gibt einem Ruhe, die kein Stillstand, sondern Bewegung ist. Es gibt einem Tiefe. Man schaut geradewegs zum Ziel und überlegt, ob dieser Ort und der Zusammenhang, den das Dorf einem zugewiesen hat, als man mit sieben Jahren herkam, wirklich der einzige Ort ist, wo man sich entfalten kann. Man hat alle möglichen Strömungen im Kopf, alle möglichen tiefen Unterströmungen, die etwas Neues mit sich bringen könnten, wenn sie sich mit anderen Strömungen vermischen dürften. Man ist zu so vielem fähig, dort in der Tiefe: Es ist noch nicht einmal gewiss, dass man exakt derselbe ist wie vor all den Jahren, auch wenn das Dorf das glaubt – sämtliche Zellen des Körpers erneuern sich in siebenjährigem Rhythmus. Früher gab es so viele Dinge, die einen nur durcheinanderbrachten: Frauengeschichten, Hasch, das unstete Songwriter-Leben ... Und all das. Selbst wenn man sich vielleicht heute Abend nach dem Konzert ein Glas genehmigt, ist damit nicht gesagt, dass man sich morgen unweigerlich wieder ein Glas genehmigt. Jetzt ist man Vater und besitzt ein Boot, da muss man seinen Mann stehen. Damals war das alles anders. Oder? Man muss seinen Mann stehen. Das Ziel im Blick haben. Genau im Blick. Die Hoffnungsfackeln brennen.

Man muss das Ziel für das Konzert heute Abend finden, damit man es genießt, auf der Bühne zu stehen, auch wenn der gute Onkel Kalli natürlich wie immer sein Solo singt, als wichtigster Mann und all das. Gugga wird mit den Kindern im Saal sein, und vielleicht sollte man ihnen in die Augen schauen und blinzeln. Es wird Spaß machen – das wird ein netter Abend. Und dann danach die Party bei Sidda und Kalli, und jemand ruft: »Hey, Bangsi, spiel einen Song!«, und dann nimmt man die Gitarre, schlägt zur Sicherheit ein paarmal das gute alte C-Dur an und spielt dann den Song über die Hoffnungsfackeln, die brennen: *Die Hoffnung stärkt die schwache Kraft / die Hoff-*

nung fürchtet Schläge / die Hoffnung jeder wachen Nacht / die Hoffnungsfackeln zündet …

Eine gewisse Ruhe überkommt einen hier bei der Einfahrt. Man ist irgendwie genau richtig. Man ist vor allem ganz. Man ist vollkommen. Das Tuckern des Motors, der Geruch von Öl und Fisch, alles klar an Bord, der Fischschleim auf dem alten Wollpulli, der Flug des Eissturmvogels in einiger Entfernung, die Fahrt mit dem Boot und der Kopf voll schemenhafter Pläne, die nur das Dorf kennt. All diese Bewegung: Das Meer ist ewig, es nährt, heilt, spült, gibt und nimmt, und da sind Strömungen, die seit Millionen Jahren umherziehen, und sie kriechen umeinander in einem fortwährenden Strudel, denn das Meer ist Bewegung. Eine gewisse Ruhe überkommt einen hier bei der Einfahrt, das Ziel an seinem Platz und nichts zu tun, als ins Ziel einzulaufen, keine andere Möglichkeit, als geradewegs ins Ziel einzulaufen – hält man sich daran, ist man gerettet, doch vergisst man es, ist man verloren, auf eine Sandbank geraten, gefallen, versunken in der Tiefe.

HEUTE IST ER KRANK

Svenni wohnt in so einem Haus, das aussieht wie ein Mann, der seine Hose viel zu hoch gegürtet hat, ein kleines Haus auf einem übergroßen Fundament.

Er lebt seit fast zwanzig Jahren dort. Er gilt zwar als wortkarg und verschlossen, ist aber tüchtig, einfallsreich und höflich und arbeitet schon seit ein paar Jahren an Land, ist in der Fischfabrik Vorarbeiter im Maschinenraum, und alle haben nur Gutes über ihn zu berichten: freundlich und geduldig mit den jungen Leuten an den Maschinen, überaus tüchtig, bärenstark – ein netter Kerl. Wenn die Leute ihn im Schwimmbad treffen, grüßt er herzlich zurück, lächelt breit, fängt aber nie ein Gespräch an. Manche wunderten sich ein bisschen, als er dem Chor beitrat und zutage kam, dass er eine schöne Tenorstimme hatte, die den Klang bereichert, aber er kommt nur zu den Proben, Messen und Konzerten, nimmt sonst an nichts teil. Das akzeptieren alle. Er hat einen unsichtbaren Kreis um sich gezogen, den niemand betritt außer Grímur, seinem alten, einäugigen, gelbgestreiften Kater, und seiner Schwester aus Sandgerði.

Gerade hat er sie angerufen.

Er sitzt im Unterhemd im Wohnzimmer und spricht

mit ihr, während Grímur schnarchend auf der Seite neben ihm liegt. Heute Morgen ist er nicht zur Arbeit gegangen, hat um neun Uhr angerufen und sich entschuldigt, und nachher geht er auch nicht zum Konzert, obwohl er bei allen Proben war und sein *locutus est* haargenau singt. Heute ist er krank.

Er ist immer allein – mit dem alten Grímur. Er ist stets gepflegt, faltet seine Kleidung, wäscht sie regelmäßig, geht täglich ins Schwimmbad, wechselt regelmäßig den Sand für den Kater und gibt ihm Futter, wenn er selbst isst, spült das Geschirr immer sofort nach dem Essen, das er selbst kocht, obwohl ihn die Mikrowelle in letzter Zeit mehr gereizt hat, als ihm lieb ist. Abends liest er alte Bücher über Ahnenforschung und Brauchtumskunde und hört beim Patiencenlegen Radio. Er mäht zwar nie das Gras, sodass rings um sein bizarres Haus Wildwuchs herrscht und Fremde es für eine Räuberhöhle halten könnten, doch das ist keineswegs der Fall, drinnen ist alles sauber und ordentlich.

Nicht lange bevor er hergezogen war, hatte er eine Frau aus Dalvík kennengelernt und geheiratet. Sie ließen sich in Hafnarfjörður nieder, von wo er damals zur See fuhr. Beide bemühten sich um die Beziehung, und vielleicht hätte es geklappt, wenn sie Kinder bekommen hätten, doch sie hatten kein Glück, und nach zwei Jahren Ehe merkten beide, dass es nicht ging. Am Ende zog sie wieder nach Dalvík, mit einem Mann, den sie kennengelernt hatte, und bekam mit ihm drei Söhne. Als sie klein waren, schickte er ihnen Weihnachtsgeschenke – »von Onkel Svenni« –, hat aber nun schon seit vielen Jahren nichts mehr von ihnen gehört.

Heute ist er krank. Das passiert ein paarmal im Jahr,

und das Dorf weiß davon, obwohl er glaubt, ein Geheimnis zu haben. Dann zieht er die Gardinen vors Fenster – ein untrügliches Zeichen – und holt die Flaschen, die er monatelang gesammelt und überall im Haus gehortet hat, wie um sie vor sich selbst zu verstecken. Er reiht sie zusammen mit dem Ginger Ale auf der Küchenbank auf und macht sich daran, den Alkohol mit derselben Ausdauer und Sorgfalt zu trinken, die er bei allen anderen Dingen auch an den Tag legt – eine nach der anderen. Er trinkt nur Wodka mit Ginger Ale – Moscow Mule. Er sitzt im Unterhemd auf der Sofakante im Wohnzimmer und starrt vor sich hin, ballt die Fäuste, außer wenn er gerade das Getränk in sich hineinschüttet. Grímur liegt aus Sympathie neben ihm und schläft. Manchmal versucht er zu schnurren, aber er ist inzwischen so alt, dass nur ein stockendes Röcheln zu hören ist. Zwischendurch essen sie Krabbenbrote, die Svenni ebenso wie den Wodka und das Ginger Ale gehamstert hat. Sie lassen die ganze Zeit das Radio laufen, als wollten sie menschliche Gesellschaft und die Wirklichkeit spüren, aber es ist leise gestellt. Meistens braucht er vier, fünf Tage, um alles abzuhandeln, und dann zwei Tage, um sich zu erholen. Dann ruft er immer seine Schwester an.

~~~

Als er elf Jahr alt war, wurde er aufs Land geschickt. Seine Eltern meinten, es sei viel gesünder für einen Jungen, im Sommer ein paar Monate auf dem Land anstatt in den Straßen von Reykjavík zu verbringen – dort herrsche nur Schlendrian und Niedertracht, er würde zu einem appetitlosen, blassen und apathischen Stubenhocker, wenn er
~~~

dabliebe, auf dem Land hingegen würde er das wahre Leben kennenlernen. Dort könne er bei allem mithelfen, draußen an der frischen Luft sein, den Wind auf den Wangen spüren, die rot und kräftig würden, bekäme von der Arbeit auf dem Hof einen ordentlichen Appetit und würde lernen, alles zu essen, was auf den Tisch kam, würde bodenständiges und korrektes Isländisch lernen, die Tiere, vor allem aber sich selbst kennenlernen, eigene Ideen entwickeln bei der Bewältigung der verschiedenen Aufgaben, die Kraft seines Körpers spüren, wenn durch die Arbeit neue Muskeln wüchsen.

Ihn zu Fremden zu schicken kam für seine Eltern nicht in Frage. Seine Mutter sprach mit ihrer Schwester, die mit Mann und Kindern auf einem alteingesessenen und tadellosen Bauernhof an der Nationalstraße wohnte. Seine Eltern fuhren mit ihm den langen und holprigen Weg und erzählten ihm dabei, wie die Berge hießen und die Flüsse, die großen Gehöfte und die historischen Orte; sie führten ihm vor Augen, wie schön und bemerkenswert sein Land war. Am Ziel angekommen, trug sein Vater seinen grünen Seesack und seine Mutter strich ihm auf dem Hofplatz über den Kopf, während er alle Leute mit Handschlag und ernster Miene begrüßte. In der Küche gab es Kaffee und Schmalzkringel. Auf dem Hof waren drei Kinder in seinem Alter, zwei Jungen und ein Mädchen. Sie begafften ihn und reagierten nicht, als er sie anlächelte, warfen sich nur Blicke zu. Im Radio verlas ein alter Mann übellaunig die Meldungen. Der Geruch in der Küche war eine seltsame Mischung aus Tiergestank, Essensgeruch, Schweiß und Erde – vielleicht war das der eigentliche Geruch Islands. Die Milch war merkwürdig süß und hatte eine fiese Haut, aber die Schmalzkringel waren weich und fett und die Plätzchen süß und lecker. Seine Tante Elín sagte, nehmt euch, meine Lieben, und Jóhannes, der Bauer, machte Scherze. Dann waren da noch Jóhannes' Eltern, die alten Bauern, die waren herzlich. Es waren gute Leute, aber sie sahen nicht ihn an, wenn sie sprachen, sondern seine Eltern.

Draußen auf der Treppe lag der Hund Kátur mit dem Kopf auf den Vorderpfoten und wartete geduldig darauf, dass der neue Junge herauskommen und ihm Plätzchen geben würde. Und als Svenni vom Tisch aufstehen durfte und ein Plätzchen und einen Schmalzkringel stibitzte, um sie dem Hund zuzuschieben, tat der ganz überrascht und bedankte sich, indem er den Kopf in den Schoß des Jungen legte und sich von ihm streicheln ließ. Er war ein alter Hund und ein guter Menschenkenner. So saßen sie gemeinsam auf der Treppe, während seine Eltern ihren Kaffee austranken und das Gespräch über Politik zu Ende führten. Der Wind umspielte die Wangen des Jungen und kroch unter seine Kleider, sodass er leicht erschauerte. Dann kamen sie raus auf die Treppe, und er umarmte seinen Vater und seine Mutter, bevor sie fuhren und ihn bei diesen Leuten zurückließen.

~~~

Er lernte, die Mistrinne freizuschaufeln, und kannte bald jede einzelne Kuh mit Namen. Er lernte Traktor fahren und mit Holz umzugehen, das er dem Bauern an manchen Tagen nach der Stallarbeit anreichen musste, denn Jóhannes baute eine neue Scheune. Er lernte, Schafe von der Wiese zu treiben, lernte scheren, lernte Heu harken, lernte, kurze, knappe Anweisungen zu verstehen, die
~~~

nicht erklärt, sondern nur wiederholt wurden mit dem Zusatz: »Was ist denn, Junge, hab ich dir nicht gesagt …« Er lernte Knoten und die seltsamen Namen von Auto- und Traktorteilen. Er lernte neue Ausdrücke und Redewendungen. Er lernte zu arbeiten, und er lernte zu schweigen.

In den ersten Wochen waren die Leute nicht unfreundlich, behandelten ihn aber nicht wie ein Kind, sondern eher wie einen missglückten Erwachsenen. Die Kinder sprachen kaum mit ihm und liefen zu dritt herum, unnahbar und überlegen wie eine geschlossene Gemeinschaft. Morgens bekam er Hafergrütze mit Quark, was er überhaupt nicht mochte. Vielleicht war das der eigentliche Geschmack des isländischen Landlebens. Er lernte, seine Geschmacksnerven und jegliche Empfindung abzukoppeln, während er sich den farblosen Brei in den Mund schob und ihn ergeben runterschluckte. Er lernte, Dinge zu essen, ohne sie zu schmecken, grobe Worte zu hören, ohne sie an sich heranzulassen, Gespräche mitzuverfolgen, ohne daran teilzunehmen.

Am schwersten fand er es, morgens den Stall auszumisten, wenn er gerade Grütze mit Quark gegessen hatte: Die Schaufel war groß, der Geruch beißend, und er fürchtete sich vor den Ratten, die sich laut den anderen Kindern im Stall aufhielten. Er spürte die Bedrohung in den dunklen Ecken, meinte ein Rascheln und Kratzen zu hören, schien sie manchmal vorbeihuschen zu sehen. Dann lernte er, sich zu fürchten, ohne sich von der Angst beherrschen zu lassen.

Die Tage vergingen, die Wochen, die Monate. Er half dem Bauern bei den meisten Arbeiten und kam manchmal spät ins Bett, mit Schmerzen in allen Gliedern, sodass es ihm schwerfiel, am nächsten Morgen zu Grütze mit Quark und Stallarbeit aufzuwachen. Er lernte, die Müdigkeit nur körperlich zu spüren. Wenn er freihatte, holte er sich manchmal eines der vielen Bücher und las von hellseherischen und traumkundigen Leuten, klugen Schafen und Stallgespenstern; manchmal legte er sich ins Heidekraut beim Bach und atmete den Geruch der Erde ein und lauschte dem Plätschern, dann kam Kátur zu ihm und legte den Kopf in seinen Schoß, bekam ein Plätzchen und ließ sich von ihm streicheln. Er lernte, seine Mutter zu vermissen, ohne sich von dem Gefühl fortreißen zu lassen.

Tante Elín nahm ihn manchmal in der Küche in den Arm, während ein griesgrämiger Radiosprecher leise Ankündigungen und Meldungen verlas, kraulte ihm den Kopf und fragte: »Wie geht's dir, mein Junge?« Und er sagte: »Gut«, muffelig und zufrieden. Der Geheimbund *Die Drei* schenkte ihm mehr Beachtung, fragte ihn nach dem Leben in Reykjavík, erzählte ihm von allen möglichen Hunden, die auf dem Hof gedient hatten – keiner konnte Kátur das Wasser reichen –, und auch von klugen Schafen, temperamentvollen Pferden, Stallgespenstern, seltsamen Leuten und all den abenteuerlichen Dingen, die zwischen den Hügeln und Senken ringsum geschehen waren. Das Leben auf dem Land kam langsam und ruhig zu ihm, ohne dass er es bemerkte, sondern eher wie das Plätschern des Bachs, an dem er manchmal mit dem Hund lag. Die alte Bäuerin nahm ihn mit in die Berge, zeigte ihm Kräuter und erklärte ihm, wie sie wirkten und welche gut zusammen schmeckten, ging dann mit ihm in die Küche, um sie zu kochen, sodass er am Abend allen stolz Thymiantee servieren konnte. Nach dem Mittagessen durfte er zu dem alten Bauern und sich an seine Beine kuscheln, während der Alte ihm aus der Sonntagsausgabe der *Tíminn* vorlas und einlullend über seinen Rücken strich.

~~~

Die Tage vergingen, warm und lang, dicht und nass, langatmig, kurzweilig, bunt, schallend, nebelverhangen, sonnenhell. Sie wurden verständlich. Er wachte morgens auf und sah vertrauten Aufgaben entgegen: Die Schafe, die auf die Wiese getrieben werden mussten und überhaupt nicht klug waren, die Kühe, die er hereinholte und die immer klüger wurden, je länger er mit ihnen sprach, die Heuernte, das Schweigen, der Wind und die Arbeit; die Schaufel im Stall wurde mit jedem Tag handlicher, die Ratten in den dunklen Ecken harmloser, die Stallgespenster verhaltener. Der Geheimbund *Die Drei* ließ ihn mit auf den Heuwagen klettern, wenn sie von den Feldern zurückfuhren und kichernd im Heu lagen.

Abends kamen oft die Nachbarn vom nächsten Hof zu Besuch und spielten Karten oder unterhielten sich, während im Radio leise das Abendprogramm vor sich hin rauschte. Der Bauer vom Nachbarhof war vorher Bezirksabgeordneter gewesen, ein wichtiger Mann, der im Sommer immer einige Zeit in der Gegend verbrachte, obwohl er keine Landwirtschaft mehr betrieb und in die Stadt gezogen war, wo seine Familie wohnte. Er war oft zu Gast auf dem Hof, vielleicht weil er auf dem Land nicht mehr viel zu tun hatte und sich langweilte. Er war voller Energie und immer zum Scherzen aufgelegt, und alle fingen automatisch an zu lächeln, wenn er kam, weil er amüsante
~~~

Geschichten von kauzigen Pfarrern, heimtückischen Geistern und klugen Schafen, Hunden und Pferden erzählte. Manchmal war seine Frau dabei – sie saß meistens mit ihrem Strickzeug auf dem Schoß da und lächelte dumpf und ein bisschen selbstgefällig, während er Geschichten erzählte, die sie schon kannte.

Im Spätsommer war Erntefest. Die Erwachsenen tranken vor dem Essen und zum Essen Wodka mit Ginger Ale und waren aufgekratzt. Svenni erfuhr, dass später in der Nähe ein Tanzfest stattfinden sollte. Die Binni Frank Band aus Reykjavík sollte spielen, und sie würden alle hingehen, und er solle auch mitkommen, ob er nichts Schickes zum Anziehen dabeihätte? Der alte Abgeordnete winkte ihn zu sich und sagte: Hör mal, Junge! Komm her und setz dich zu mir. Bist du nicht der Sohn von Pétur Ólafsson? Ich erinnere mich noch gut an deinen Großvater …

Dann erzählte er eine Geschichte, in der Svennis Großvater einen merkwürdigen Mann traf, der etwas Merkwürdiges zu ihm sagte. Svenni verstand den Witz nicht, fühlte sich aber auf gewisse Weise geschmeichelt, weil sein Großvater in einer Geschichte vorkam. Der Abgeordnete sagte, er hätte die Leute darüber reden hören, wie tüchtig er sei und wie gut er sich diesen Sommer gemacht hätte. Er redete munter und unverblümt über andere Abgeordnete und alle möglichen wichtigen Leute – Minister, Professoren und Pfarrer, Schauspieler und bekannte Radioleute –, erzählte Anekdoten von Besäufnissen, Techtelmechteln und Repliken.

Erst dachte Svenni, dort am Esstisch hätte ihn etwas überkommen, als der Abgeordnete plötzlich die Hand auf seinen Oberschenkel legte, ganz fest. Er dachte, der

Mann wolle einen von ihm selbst unbemerkten Krampf hemmen oder sei vielleicht etwas zittrig und müsse sich abstützen. Er sagte nichts. Die Hand lag auf seinem Oberschenkel, während der Mann mit der anderen Hand eifrig Fleischsuppe löffelte. Die Hand schob sich höher. Svenni wusste nicht, wie er sie wieder loswerden sollte, ob er wegrutschen sollte, konnte aber noch nicht einmal mehr schlucken. Er saß nur da, allein und hilflos, während sich diese Pranke langsam an seinem Schenkel nach oben bewegte und dann zwischen seinen Beinen liegenblieb, in seinem Schoß. Er wusste, dass er hätte aufstehen sollen, blieb aber still sitzen. Er war erst elf Jahre alt und hatte noch nicht gelernt aufzustehen.

~~~

Heute ist er krank. Er hat seine Schwester angerufen, mit der er sonst nicht oft spricht, weil er sehr zurückhaltend ist. Die zweite Wodkaflasche ist fast leer. Er sitzt im Unterhemd im Wohnzimmer, wiegt sich auf der Sofakante vor und zurück mit dem Telefon in der einen und dem Glas in der anderen Hand. Er ist gesprächig. Er redet leise, und seine Stimme ist hell, und man hört ihm im Grunde kaum an, dass er getrunken hat, er lallt nicht, stockt nicht, schwadroniert nicht. Aber er verstummt nicht. Er redet immer weiter. Er spricht von allen möglichen entfernten Verwandten, über die er überraschend gut Bescheid weiß, über viele Generationen hinweg, und bringt sie mit bewundernswerter Gekonntheit mit anderen Leuten in Verbindung. Er lacht. Er fragt nach ihr und ihrer Familie, wie es allen gehe und wie die Leute mit ihren Plänen vorankämen, an die er sich unglaublich gut erinnert, war-
~~~

tet aber kaum ihre Antworten ab, als fürchte er, sie aus seinem Griff zu verlieren – aus seinem Kreis –, wenn er verstummt. Dann beginnt er darüber zu sprechen, wie er mit elf Jahren aufs Land geschickt wurde und arbeiten lernte und schweigen lernte, Traktor fahren lernte, Knoten lernte, essen lernte, ohne zu schmecken, lernte, die Müdigkeit nur körperlich zu spüren, lernte, seine Mutter immer zu vermissen, lernte, sich immer zu fürchten, aber mit der Angst zu leben, lernte, nichts zu spüren: lernte, ein Mann zu sein.

»Ja, Svenni«, sagt sie leise. »Ich weiß.«

Er spricht nicht lauter und wirkt ganz weit weg, als ginge ihn das alles nichts an, während er ihr erzählt, wie der Abgeordnete in der Nacht zu ihm kam, ihn weckte und mit ihm hinaus in den Stall ging. Er beschreibt alles, was er tun musste und wie er es in den restlichen Wochen seines Aufenthalts immer wieder tun musste, wie er niemandem davon erzählen konnte, wie er lernte, nichts zu spüren.

»Ja, Svenni. Ich weiß.«

Dann verstummt er endlich, schweigt eine Weile, und es ist nichts zu hören außer seinem schweren Atmen. Sie schweigt am anderen Ende der Leitung ebenfalls, bis er seufzt, das Glas austrinkt und es auf den Tisch knallt. Grímur neben ihm erhebt sich, schnuppert enttäuscht an der leeren Plastikfolie des Krabbenbrots, gähnt und reckt sich, dreht sich dann mehrmals im Kreis, bevor er ein paarmal genießerisch am Bein seines Freundes entlangstreicht, ihn mit seinem einen Auge forschend ansieht und es sich dann wieder dicht bei ihm bequem macht, röchelnd.

DIE STILLE DER WELT

Kalli lehnt sich auf dem Stuhl zurück, richtet den Blick auf einen Punkt in der Mitte der Werkstatttür, die für den Sommer weit geöffnet ist, sodass die Nachmittagssonne großzügig hineinströmt, atmet entspannt und regelmäßig, mit sich und der Welt im Einklang. Er ist allein. Sein Geist ist voller Verständnis gegenüber sich selbst – störende Gedanken, die wie schwarze Flocken auftauchen, dürfen weiterziehen, ohne gedacht zu werden. Das ist kein Problem, denn er mag sich selbst im Allgemeinen ganz gern, wie im Grunde alle Menschen – nur nicht vergessen, richtig zu atmen, mit sich und der Welt im Einklang zu sein, an nichts zu denken, noch nicht einmal daran, nicht daran zu denken, an nichts zu denken, der Geist wird leicht und hell und rein, und in einer sachten Bläue schwebt dann vielleicht ein Gedanke herbei, mit dem man sich wohlfühlt, eine Empfindung, eine Erinnerung an eine Empfindung, eine Erinnerung an einen Gegenstand, eine Erinnerung an eine Empfindung, die von einem Gegenstand ausgelöst wurde, vielleicht eine Erinnerung an ein schönes Auto, das er mal gesehen und ausgiebig inspiziert hat und gerne besessen hätte, weil er fand, dieses Auto passe zu ihm. Vielleicht eine Erinnerung an das Winterfest letztes Jahr, als man ihn überredete, alte Autohupen und Traktoren aus dem Bezirk nachzumachen (»Ach, das ist doch der Farmall von Ásgeirsstaðir!«), und die Leute fröhlich lachten. Vielleicht eine Erinnerung an das Glücksgefühl, das er mal beim Schwimmen im Regen hatte, als er nach fünfhundert Metern nicht mehr an den Fremdwährungskredit und den täglichen Stress dachte, nur spürte, wie Arme und Beine und Kopf zusammenarbeiteten, um ihn im Frühlingsregen anzutreiben, und das Gefühl hatte, Teil der blühenden Natur zu sein, Teil der Lebenskraft.

Vielleicht eine Erinnerung, die gut ist, eine Empfindung, die schön ist.

Chor-Kata kommt an der Scheunentür vorbeigeradelt, diesmal ohne hineinzuschauen, gewiss in Eile. Nachher soll er für sie und ganz Valeyri singen. Dann wird er aus dem Chor heraustreten, der auf Katas Zeichen hin so leise wie möglich summt; er breitet die Arme aus und umarmt den Saal, runzelt die Stirn, öffnet den Mund, um die Seele hinausströmen zu lassen, und dann singt er: *Nun herrscht Stille im tiefen Tal …*

~~~

Nun herrscht Stille. Nun herrscht Schweigen und eine Erinnerung an eine Empfindung, denn sein Geist ist rein und klar. Seine Augen ruhen auf einer Bachstelze. Mitten in der Werkstatttür spreizt sie ihre Schwanzfedern in der Sonne und hüpft herum, als sei sie sich ihrer Sache sicher, als sei sie hier genau am richtigen Ort. Er ist auf alle Fälle am richtigen Ort. Er ist in seiner Scheune, die er nach und nach gefüllt hat – nicht mit Korn, sondern mit
~~~

sogenanntem Trödel, Dingen, die aus ihrem ursprünglichen Zusammenhang gerissen wurden und auf einen neuen warten, um wieder eine Rolle in der sogenannten Wirklichkeit zugewiesen zu bekommen. Es ist jetzt seine Aufgabe im Leben, Dinge auseinanderzunehmen und mit anderen Dingen neu zusammenzusetzen. Hier wartet alles auf seine Sternstunde. Eine alte Tür aus einem Dodge 66 könnte am Ende doch noch nützlich sein, und dann wäre es ungut, sie weggeworfen zu haben. Die Stapel von alten Ausgaben des dänischen *Familie Journal* warten darauf, gebunden zu werden, dann nimmt Andrés vom Museum sie vielleicht an sich, damit die Leute darin blättern können. Lose Seiten mit Texten des Dichters der Dichter, Guðmundur, seines Onkels väterlicherseits. Der blaue VW-Käfer in der Ecke soll eines schönen Tages repariert werden. Dann fährt er vielleicht zu Jósa, taucht vor ihrem Haus auf und drückt die dumpfe Hupe, die hier auf ihre Sternstunde wartet, nur um ihren Gesichtsausdruck zu sehen, wenn sie herauskommt und in Gedanken ihren gemeinsamen Sommerabend vor hundert Jahren Revue passieren lässt, als er zu ihr fuhr und sie abholte und sie eine Spritztour ins Tal machten und hinten im Tal anhielten und ausstiegen und sich im Moos auf einer Wolldecke in den Farben der isländischen Flagge liebten. Und sich dann eine Woche später ausgerechnet in der alten Kirche erneut liebten, vor dem Erlöser mit Brot und Fischen. Sich liebten. Das ist eine Erinnerung an eine Empfindung.

All die Schnüre, Heugabelzinken, Nägel, Schrauben, Tische, Schraubenzieher, Wasserkocher, Poliermittel, Maschendrähte, Stühle, Mehrfachstecker, Gardinenstoffe, Reißverschlüsse, Bälle, Öle, Hölzer und Eisenteile – alles hat seine Sternstunde. Seile, Sicherungen, Rückenkratzer,

Wandbefestigungen, Klebstoffe, Schlüssel, Kerzenständer, Schüsseln, Adlerfedern, Bleistifte. Ein Telefon, das Sidda ihm mal geschenkt hat und das er aus Gedankenlosigkeit auseinandernahm, um zu sehen, wie es funktionierte, aber dann hatte er keine Lust mehr, es wieder zusammenzusetzen. Gerahmte Fotos von Gummi und dessen Kindern. All dies hat seine Sternstunde, manches mehrmals täglich. Ein alter, ungültig gewordener Geldschein liegt zerknittert mit ein paar Ersttagsbriefen in einer alten Katzenzungen-Schachtel, und die hat ihre Sternstunde, alte Gardinenringe von Lára, der Tochter von Lalli Lár, warten auf ihre Sternstunde, ein Fahrrad, dessen Kette er für irgendein Kind gewechselt und geölt hat, eine kaputte Gitarre, die er irgendwann mal repariert hat und Chor-Kata schenken wollte. Hufnägel und Sättel, die in den Pferdestall gebracht werden müssen.

Alles hat seine Sternstunde. Ein Stück Marmorkuchen wartet darauf, gegessen zu werden. Ein Kühlschrank brummt in der Ecke, wie um daran zu erinnern, dass es Zeit fürs Nachmittagsbier ist, die Maus Anganóra, die fast so alt ist wie Kalli, wartet auf ihre Scheibe Brot mit Erdnussbutter, die er ihr um diese Zeit immer gibt. Aber das ist nicht eilig, sie hat es gut hier, genau wie alles andere.

Hierher kommt man, wenn man keine Schraubenmutter oder nicht die richtige Schraube findet, denn hier gibt es die richtigen Schrauben und alle Schraubenmuttern, die je erfunden wurden. Hier gibt es Nägel in allen Größen, Holz, Schraubenzieher, Hämmer, Zangen, Reifen, Schraubenschlüssel: Bei Kalli kann man immer alles kriegen, und wenn jemand das Werkzeug nicht wiederbringt, geht er selber zu den Jungs in die Garagen und holt es stillschweigend zurück.

Früher war hier mal Kallis und Gúndis Kfz-Werkstatt. Die Leute kamen mit allen Autoreparaturen zu ihnen – er selbst war eine Art Hausarzt für Automobile und machte sogar häufig Hausbesuche, wenn die Leute ihren Wagen nicht mehr in Gang kriegten, während Gúndi für die Buchhaltung und den Betrieb zuständig war, sich eines Tages aber mit der Kasse nach Südafrika absetzte und nichts als Schulden hinterließ. Dennoch war das eine gute Zeit, ständig neue Aufgaben, und nach und nach war seine Werkstatt zu einer Arztpraxis für alle möglichen Gegenstände geworden; die Leute brachten alles, was repariert werden musste, und er reparierte es, und manchmal blieben die Dinge bei ihm liegen, weil die Leute vergaßen, sie abzuholen.

Außerdem war er plötzlich vollauf mit Gewerkschaftsdingen beschäftigt gewesen, wurde Gewerkschaftsvorsitzender, weil jemand mit Mumm in den Knochen es der Lárus-Mischpoke mal zeigen musste. Von da an war er eigentlich nie zu Hause, und wenn er mal nach Hause kam, war Jósa sauer – was nicht verwunderlich war –, weil er sich so wenig um die Familie und den Jungen, den kleinen Gummi, kümmerte. Es lief alles ziemlich schlecht.

Immerhin hatten sie den Jungen bekommen, das hielt sie noch zusammen, und den ganzen Tag hat er fest an Jósa und ihre gemeinsame Zeit gedacht und diese Erinnerung an eine Empfindung wie einen Schmerz in den Lenden und in der Brust gespürt.

~~~
~~~

Eigentlich hat er, genauer betrachtet, mit alldem aufgehört. Er arbeitet nicht mehr für die Gewerkschaft und repariert nur noch zum Vergnügen Autos, sammelt aber dafür kaputte Waschmaschinen und macht sie wieder flott, und dann kann jeder kommen und sich umsonst eine Waschmaschine abholen. Sie stehen hinter ihm aufgereiht wie ein fröhlicher, erwartungsvoller Chor in weißen Hemden, unterschiedlich weiß und jeden Alters, und warten darauf, dass er vortritt und die Arme ausbreitet und das Dorf umarmt, wie er es in all den Jahren gemacht hat. Er ist allein. Die Sonne bescheint ihn, die gute Nachmittagssonne, die wärmt und heiß und ewig scheinen wird, und die Bachstelzen in der Werkstatttür sind jetzt zu zweit. Sie trippeln herum. Nun herrscht Stille, und der Abend kann kommen. Er hat sich auf dem Stuhl zurückgelehnt, und seine Augen ruhen auf den geschäftigen Bachstelzen, friedlich, mild und gebrochen.

UNERZÄHLTE GESCHICHTEN

Manche Geschichten werden nie erzählt. Sie liegen irgendwo tief vergraben und haben einen unsichtbaren Einfluss auf das Befinden des Dorfs, geben seinem Äußeren eine unsichtbare Farbe, sind ein unhörbares Flüstern im Wind.

Sie sitzen draußen in der Sonne mit Fríðas Löwenzahnwein in den Gläsern, Wind im Gesicht und Zufriedenheit in den Augenwinkeln. Die Nachmittagsbrise ist gerade vorbeigezogen. Fríða hat die Anlage rausgestellt, und Baggalútur singen ein gefühlvolles Lied über den Sonnenschein in Dakota; es ist wundervoll, und heute Abend gibt der Valeyri-Chor im Gemeindehaus ein Konzert, bei dem sie auf der Bühne stehen und verhalten oder kräftig singen werden, je nachdem wie Kata es ihnen vorgibt. Andrés erzählt eine Geschichte vom Bezirksrat Laurentius und vom Apotheker Halvorsen, die sich in falschem Isländisch miteinander stritten. Ihre Aussprache war so lustig. Alle lauschen gespannt – bis auf Ásta, Fríðas Freundin aus Reykjavík, die schweigsam ist. Es fällt ihr schwer, sich auf diese Märchenstunde zu konzentrieren, und sie lauscht der Brandung des Meeres, dem Tuckern eines Motorboots, betrachtet die Konturen des Berges, eine Fliege, die über den Löwenzahn schwirrt, sich dann aber plötzlich umentscheidet und geradewegs durch das Fenster ins nächste Haus fliegt. Sie fühlt sich allein.

~~~

Ein Dorf besteht nicht nur aus Brandung und Arbeitsleben, knatternden Motorbooten oder Hunden, die mit dem Kopf auf den Vorderpfoten in der Sonne liegen. Es besteht nicht nur aus dem Geruch von Meer, Öl, Vogelkot, Leben und Tod – dem vielen Fisch und skurrilen Häusernamen. Es besteht auch aus einer Erzählung, die still durch die Straßen gleitet und das Urbild des Dorfes bewahrt, das allmählich im Lauf der Jahre und Jahrhunderte entstanden ist. So sind wir, wir Leute aus Valeyri, wir. Manche Kapitel dieser Erzählung kennt jeder: die Geschichte von Doktor Jónas und seiner Schwermut, die Liebesgeschichte von Guðmundur, dem Dichter der Dichter, und Katrín und wie sie seinen Jugendfreund Lalli Lár heiratete, bevor Guðmundur an Tuberkulose starb – wie sie den Dichter für den Dorfkönig verließ –, Geschichten von verschlagenen Geistern und launischen Gespenstern, von Schiffsbesatzungen, die wie durch ein unhörbares Wunder in letzter Sekunde gerettet wurden, von Schiffsbesatzungen, die ertranken, obwohl sich kein Lüftchen regte, Geschichten von Verschollenen und in gefahrvollem Wetter Verirrten, Geschichten von eigensinnigen Pferden, die ins Hochland entflohen, und blinden Hunden, die Kinder retteten, und von Elfen in den Felsen bei der Hafeneinfahrt – die Felsen wurden gesprengt, als man den Hafen in den Heringsjahren vergrößerte, was einen so mächtigen Fluch nach sich zog, dass der Hering für
~~~

immer fortblieb. Solche Geschichten: von Frauen, die kamen, um im Hering zu arbeiten, und auf dem Weg hierher ihren Ehering abnahmen, von Schäferstündchen in der Schoßmulde, von liebestollen Harmonikaspielern, einfallsreichen Milchautofahrern, trunksüchtigen Pfarrern und glücklosen Heringspekulanten, Geschichten von Spitznamen, Ortsnamen, Schimpfnamen, Flüchen und Segnungen ... Manche erzählt man, wenn Gäste da sind, bis spät in die Nacht hinein, und manche wurden niedergeschrieben. Manche werden nur flüsternd erzählt und manche nur, wenn eine Flasche entkorkt ist.

Und manche Geschichten werden nie erzählt.

Andrés vom Museum erzählt Geschichten. Die große Erzählung von Valeyri schwirrt ihm durch den Kopf, und er kennt jedes Haus mit Namen und jede Seele, die dort ihr Leben fristete. Er kennt jedes Auto und jedes Pferd, jedes Boot, jeden Gast, der hier gewesen ist und eine Geschichte zurückließ – oder zumindest fast.

Er ist in einem kleinen Haus am Hafen aufgewachsen, sein Vater arbeitete auf einem Trawler des alten Lalli Lár, bis er ins Altenheim kam und dort starb, und seine Mutter bediente in der Bäckerei. Sie hatten einen kleinen Gemüsegarten und ein paar Schafe, um die sich Andrés kümmern musste, kauften alle Bücher, die sie in die Finger bekamen, und erlebten es noch, wie ihr Sohn nach Reykjavík ging, um Geschichte zu studieren, starben aber beide, bevor er mit seinem Abschluss und Fríða, die in Karfavogur in Reykjavík unter Schriftstellern und Künstlern aufgewachsen war, und einem kleinen Mädchen zurückkehrte und sich in dem alten Haus niederließ, das er mit Unterstützung guter Freunde hübsch renovierte, darunter nicht zuletzt Kalli, der täglich vorbeischaut, um ungefragt etwas zu reparieren, und Andrés dabei vielleicht eine neue Geschichte erzählt, die er gehört hat, oder eine alte Geschichte, die er noch nie genau so gehört hat, oder einen weiteren Spitznamen, den er sich ausgedacht hat, denn er ist der Erfinder der meisten Spitznamen hier in Valeyri. Sie haben fast alles im Haus ausgetauscht – nur die alte Bornholmer Standuhr haben sie behalten, weil Andrés meinte, sie müssten das große Ticken der Zeit hören.

Fríða kocht das Essen, wenn sie nach Hause kommt, nachdem sie im Lundinn bedient und sich um alles außer ums Kochen gekümmert hat; sie bezahlt die Rechnungen und kalkuliert, was sie sich erlauben können, sie bestimmt über alle Einkäufe, vom Geschirr bis zum Auto – das sie auch repariert. Kalli meinte irgendwann mal, sie mache ihren Mann zum Kind, aber Sidda wies ihn darauf hin, Andrés sei schließlich Akademiker und brauche Ruhe zum Denken.

Sie sind unterschiedlich: Er ist klein und ein bisschen dicklich und wirkt selbstgefällig und einfältig, wie es kleine, dickliche Männer oft tun, ist aber keins von beidem. Er ist lebhaft, lacht gerne und hat ein offenes Gesicht – Kalli sagt, er sehe aus wie ein Smiley. Sidda sagt, er soll so was nicht sagen. Fríða dagegen hat lockiges, volles Haar, das sie hennarot färbt, trägt enge Klamotten und hochhackige Schuhe, schminkt sich und achtet auf ihr Äußeres. Kalli sagt, sie sei eine heiße Braut mit Doppelkinn. Sidda sagt, er soll den Mund halten.

Jedenfalls kann sich Andrés auf die Geschichte des Orts und des Hauses konzentrieren, denn er hat eine energische, hart arbeitende Frau. Und hier in diesem geschichtsträchtigen Haus haben Fríða und er drei Kinder großgezogen – und alle sind in die Stadt gegangen. Der Gemüsegarten ist noch an seinem Platz, mit allen möglichen interessanten Kräutern, die Fríða dort zieht, und Andrés kommt sich selbst vor wie ein fest verwurzelter Baum an seinem Platz, in seiner Erde. Fríða stellt Löwenzahnwein her, der im ganzen Bezirk berühmt ist, und abends genehmigen sie sich oft ein Glas vor dem Haus und bieten zufällig vorbeikommenden Freunden und Bekannten auch eins an; wenn mehr Leute kommen, holen sie einfach noch ein paar Tische und Stühle. Und nun ist Mittsommer, wenn das Dasein zu einem goldenen Augenblick wird. Fríða hat Papageitaucher-Lalli überredet, ihr heute freizugeben, und ihm ein Mädchen als Vertretung organisiert, sie haben sich mit einem Glas Löwenzahnwein raus in die Sonne gesetzt, bei ihnen sind Nachbarn und Passanten und Freunde, und Baggalútur singen gefühlvoll über den Sonnenschein in Dakota. Nachher wollen alle zum Chorkonzert, aber das ist erst viel später in einer ganz anderen Dimension, denn die Zeit ist verwandelt und Andrés mitten in einer Geschichte über die Kommunikation dänischer Oberschichtler in einem anderen Jahrhundert, zwischen Bezirksrat Laurentius und Apotheker Halvorsen. Es ist eine Geschichte über Flüche und Schimpfwörter und falsche Deklinationen, und alle amüsieren sich.

Das Haus lockt Geschichten an. *Brimnes 1913* steht an diesem Haus, und es erinnert sich an alles, bewahrt alles: Liebe, Streit, Weinen und Lachen, Einsamkeit, all die Gefühle, die hier einst tobten, leben weiter in den alten Stützbalken, all die Worte, alles, was geschah – auch Geschichten, die nie erzählt werden.

Er ist in diesem Haus geboren. Er hat viel über seine

Bewohner gelesen und denkt manchmal darüber nach, ob er sie spürt. Darüber unterhält er sich häufig morgens mit Fríða, während sie Hafergrütze zubereitet. Er hört vielleicht ein Ächzen und stellt sich dann die alte Frau vor, die zu Beginn des Jahrhunderts lange hier wohnte, sieht sie vor sich in ihrer isländischen Tracht, kerzengerade und mit dicken Zöpfen, oder den Hafenwärter Þorkell, der einen Sprachfehler hatte und Skrolli genannt wurde, oder den Schuldirektor Hafsteinn, der mit dem Bezirksbeamten Einar hier wohnte, ohne dass irgendjemand etwas dabei fand. Er weiß, dass er nicht empfindlich ist, aber manchmal hört er in herbstlangen Nächten ein Knarren, das Knacken von Ästen, sausenden Wind im Garten. Manchmal meint er, etwas zu spüren, von dem das Haus weiß.

Sie sitzen in einer kleinen Gruppe beisammen und trinken Fríðas Löwenzahnwein, und alle amüsieren sich prächtig darüber, wie falsch die Dänen Isländisch gesprochen haben und wie mürrisch und albern sie waren. Außer Fríðas Freundin aus Reykjavík – sie ist schweigsam. Eben hat sie eine Fliege über den Löwenzahn schwirren sehen und Andrés nicht mehr zugehört, und jetzt betrachtet sie das Gras, das sich im Wind wiegt. Sie starrt vor sich hin. Ihr ist nicht wohl. Sie hat letzte Nacht schlecht geschlafen und weiß nicht recht, was sie ihren Freunden sagen soll.

~~~

Ásta! Sie erwachte davon, dass jemand ganz leise ihren Namen flüsterte. Sie riss die Augen auf und hörte wieder ihren Namen. Sie sah niemanden. Aus dem Zimmer ih-
~~~

rer schlafenden Freunde war nichts zu hören. Sie hörte den Kühlschrank nicht brummen, hörte keines der Geräusche, mit denen sie eingeschlafen war, bis auf das Ticken der Bornholmer Standuhr. Sie schaute sich um und fand das Zimmer befremdlich. Schlief sie noch?

Sie schloss die Augen und schlummerte wieder ein, bis sie plötzlich einen kalten Windzug im Gesicht spürte und erneut hochschreckte. Sie schaute sich um. Die Holztäfelung an der Wand war verschwunden, und an ihrer Stelle befand sich eine schäbige Tapete mit Rosenmuster. Die blaue Kommode in der Ecke war weg, stattdessen stand dort ein roter Stuhl mit verschlissenem Polster. Darauf saß jemand. Eine junge Frau mit langem, unfrisiertem Haar. Sie war schlank, hatte die Beine übereinandergeschlagen und schaute durch Ásta hindurch. Sie trug ein dunkelblaues, figurbetontes Kleid und roch stark nach Meer. Ásta konnte sich weder hinlegen und weiterschlafen, noch aufstehen. Sie brachte keinen Ton heraus. Mit Mühe löste sie den Blick von der jungen Frau und schaute zur Tür. Sie stand offen, und dahinter war trübes Licht. Die Bornholmer Standuhr schlug drei Mal. Ásta hatte die Tür zugemacht, bevor sie ins Bett gegangen war, das wusste sie genau. Der Boden schien mit abgetretenem, beigem Linoleum belegt zu sein. Sie richtete den Blick wieder auf den Stuhl in ihrem Zimmer. Die junge Frau war verschwunden, aber der Geruch war noch genauso stark wie vorher. Sie hörte die Küstenseeschwalben. Ohne nachzudenken, stieg sie aus dem Bett und ging durch den Raum. Sie war lange unterwegs. Auf dem Boden lag ein Teppich mit verblichenem Muster. Als sie aus dem Fenster schaute, sah sie, dass es bewölkt war. Sie war wach, das wusste sie, und sie war hier, das wusste sie – aber wusste sie es wirklich? Wo war sie? Hier? Schlief sie? Morgen war Mittsommer, das wusste sie – hier –, sie war wach, sie war hier und jetzt. Oder schlief sie? Wusste sie das? Sie war im Flur angelangt. Die Küche lag links und das Wohnzimmer rechts. Langsam ging sie im Takt des Tickens der Bornholmer Standuhr über das abgetretene Linoleum, sie war barfuß und spürte den kalten Stein unter dem Boden, ihr war eiskalt, sie zitterte. Die Haustür stand offen, und eiskalter Wind zog hinein. Im Wohnzimmer brannte eine kleine grüne Lampe. Die junge Frau saß mit einem kleinen Kind auf dem Arm auf dem Sofa, sie kauerte über dem Kind und wiegte es stumm, es war tot. Ásta sah es, oder vielleicht wusste sie es auch einfach, dachte sie, vielleicht schlief sie – war sie wach? Die junge Frau schaute plötzlich auf und sah Ásta direkt in die Augen. Sie hatte eisblaue Augen, in denen ein Glanz lag. Ásta hatte das Gefühl, die Frau flehe sie bitterlich an, und sie schaute ratlos umher, in die Küche, die grün und weiß gefliest war. Da saß ein Mann am Tisch. Er vergrub den Kopf in den Händen. Sie schrie, wachte aber nicht davon auf, weil sie nicht schlief, und die beiden hörten sie nicht. Sie war allein zwischen den Dimensionen. Hier war etwas Entsetzliches geschehen, und sie musste es Andrés und Fríða sagen, aber sie wusste nicht, wie sie das anstellen sollte, denn es war nur möglich, wenn sie aus dieser Vision erwachte – aber sie schlief nicht und konnte deshalb nicht aufwachen. Doch wach war sie auch nicht und konnte deshalb nicht einschlafen. Sie blickte wieder ins Wohnzimmer. Die junge Frau mit den eisblauen Augen und dem toten Kind im Schoß war verschwunden, die grüne Lampe, die Tapete, alles war weg, alles war wie immer, das Parkett auf dem Fußboden, die Bilder an den Wänden, der Kronleuchter,

Fríða's Handarbeitszeug lag auf dem Stuhl und wartete auf den nächsten Tag. Nur die Bornholmer Standuhr tickte unverändert weiter. Sie schaute an sich herunter: Sie stand auf dem Parkettboden. Darunter war die Erde. In der Küche brannte kein Licht, das Brummen des Kühlschranks war einschläfernd, die Haustür war geschlossen. Sie ging zum Fenster und schaute hinaus in die flackernd helle Nacht. Auf dem Deich stand ein alter Mann und schaute hinaus aufs Meer.

~~~

Als sie am Morgen aufwachte, meinte sie, den Meeresgeruch immer noch im Zimmer zu riechen, war sich aber nicht ganz sicher, ob er nicht schon die ganze Zeit da gewesen war; schließlich stand das Haus am Meer. Sie ging in die Küche, und ihre Freunde begrüßten sie. Als sie fragten, wie sie geschlafen hätte, antwortete sie automatisch »Gut«. Sie trank Kaffee, und Fríða servierte ihr verschiedene köstliche Brötchen, alles selbstgemacht, genau wie die Marmelade dazu. Während sie frühstückten, fragte sie Andrés nach den Leuten, die in dem Haus gewohnt hatten.

»Hier haben viele gewohnt«, sagte er, erfreut über die Frage. »Da gab es zum Beispiel den Skrolli, von dem habe ich dir noch nicht erzählt. Er hatte diesen Sprachfehler, und einmal …«

»Hat hier nie ein Paar gewohnt? Mit einem kleinen Kind?«

»Äh, doch, doch, zum Beispiel meine Eltern mit mir, also, mit meiner Wenigkeit! Und natürlich Fríða und ich mit unseren Kindern. Und, tja, Schuldirektor Hafsteinn
~~~

hatte vielleicht nicht unbedingt eine Vorliebe für, äh, wie soll man sagen, die Praktik des Kindermachens, obwohl er natürlich Schuldirektor war und so, denn er lebte hier mit dem …«

»Ist hier irgendwann mal ein Kind gestorben?«

Er schwieg und schaute sie irritiert an.

»Nein, das glaube ich nicht. Davon habe ich noch nie was gehört. Und ich habe bestimmt alles gehört, was man hören kann, und alles gelesen, was über diesen Ort geschrieben wurde. Ich würde es wissen, wenn hier so etwas passiert wäre.«

»Ja, natürlich. Hat denn hier mal ein Paar gelebt, über das du nichts weißt?«

»Ja, warte mal … Wie war das noch mal? In den Heringsjahren wohnte hier ein Paar zur Miete, das dann, soweit ich weiß, nach Australien ausgewandert ist. Er hieß Sigurður. Sie Emilía.«

»Sigurður und Emilía.«

»Ja. Ich weiß kaum etwas über sie. Ehrlich gesagt, habe ich nichts über sie gefunden, außer dass er nach Australien ausgewandert ist, und da habe ich mir gedacht, dass sie bestimmt mitgegangen ist.«

~~~

Sie hört zu, wie Andrés von Apotheker Halvorsen und Bezirksrat Laurentius erzählt, längst verstorbenen und völlig unbedeutenden Dänen, und er macht sie nach, als seien sie Zeitgenossen. Eine Möwe fliegt über den Strand, dieselbe wie gestern, dieselbe wie letzte Nacht. Das Meer rauscht, knallblau in der Sonne. Ein Boot schaukelt auf dem Weg an Land leicht in den Wellen. Der Motor tu-
~~~

ckert. Am Berghang sind sonnenbeschienene Flecken. Rollen von Teerpappe liegen ordentlich am Nachbarhaus aufgestapelt, dort wurde ausgiebig Holz gehackt und mit einer Segelplane abgedeckt. Auf einem Gestell am Meer hängt Stockfisch. Eine Frau mit einem Kinderwagen kommt über den Fußweg und lächelt den Leuten zu, die ihr fröhlich winken. Wahrscheinlich eine der Polinnen aus den Wohnblocks am Dorfrand. Der Garten ist voller Pusteblumen, und die Samen fliegen frei herum, es wird Zeit zu mähen – vielleicht sollte sie sich dazu anbieten. Fríða schafft nicht alles, und Andrés tut offenbar keinen Handschlag. Die Leute lachen herzlich über die Pointe der Geschichte, und er trinkt zufrieden seinen Wein. Es entsteht eine kleine Pause, und sie wagt zu fragen:

»Wisst ihr was von einem Kind, das gestorben ist?«

Niemand antwortet.

»Ich meine, ein Kind, das irgendwann hier in der Gegend gestorben ist.«

»Warum fragst du das?«, fragt Sidda, Kallis Frau, und stellt ihr Glas ab.

»Ich weiß nicht genau. Ich hatte einen Traum …«

Sie weiß nicht, wie sie den Satz beenden soll. Sie traut sich nicht richtig, von ihren nächtlichen Erlebnissen zu erzählen, weiß nicht, ob sie wach war oder schlief.

»Bei Sigurður und Emilía, die hier mal wohnten, war kein Kind registriert«, sagt Andrés, »und sie sind die einzigen Bewohner des Hauses, über die ich nichts weiß.«

Alle schweigen, also spricht er weiter:

»Aber ich glaube, wie gesagt, dass sie nach Australien gegangen sind.«

»Hör zu, also, das ist so«, sagt Fríða schließlich und schlägt sich mit den Händen auf die Oberschenkel, wie um zu zeigen, wie klar die Sache ist. »Wenn du geträumt hast, dass irgendwelche Leute hier ein Kind hatten, das starb, dann symbolisiert das Kind unsere Republik, also Island, also den Traum der Leute, ihr Leben hier in dieser Republik zu verbringen. Dieser Traum starb, als sie beschlossen, nach Australien zu gehen.«

Sie schaut triumphierend hoch, und die anderen nicken.

»Man soll Träume nie für bare Münze nehmen«, sagt sie. »Man muss sie interpretieren.«

»Sagt das nicht noch mehr über uns aus?«, meint der zurückhaltende Mann mit der faltigen Stirn. »Dass die Republik Island in unserer Vorstellung ein Kind ist, das starb.«

Alle machen nachdenkliche Gesichter und nicken bedeutungsvoll und trinken schnell einen Schluck, vielleicht fällt ihnen dann noch etwas ein, was dieses Gespräch weiter vertiefen würde.

Sidda sieht Ásta forschend an:

»Hast du das geträumt? Dass hier Leute mit einem toten Kind lebten?«

»Ja, so was in der Art. Ist bestimmt nur Unsinn.«

Sidda lächelt: »Ja, man träumt so viel.« Dann hebt sie plötzlich die Hand und winkt einer jungen Frau auf einem Fahrrad zu, lächelt noch breiter und ruft: »Hallo, Kata! Bis nachher!«

Die Nachmittagssonne macht die Träume absurd, und eine gelassene und stolze Ente kommt mit ihrer Kinderschar angewatschelt, als wolle sie an den täglichen Sieg des Lebens erinnern. Baggalútur singen über den Sonnenschein in Dakota: *Bin ich tot und ganz allein / in der Erde faulen die Knochen / wird's ein schöner Anblick sein / wie die*

Sonne bescheint die Knochen. Schließlich reckt sich Andrés und dreht sich zu Sidda: »Sag mal, Sidda, was ist denn mit Kalli? Wollte der nicht kommen?«

»Doch, er wollte schon hier sein. Der hat bestimmt in irgendeiner Waschmaschine die Zeit vergessen.«

»Ja, ich gehe mal zur Werkstatt und schaue nach ihm. Aber ihr müsst unbedingt noch ein Glas trinken.«

Fríða holt die nächste Flasche, entkorkt sie mit einer energischen Handbewegung und beeilt sich, nachzuschenken. Die Leute trinken, schmatzen und seufzen vor Wohlbehagen. Ásta lächelt. Das bringt alles nichts. Sie merkt, wie Fríða behutsam ihren Arm berührt. Sie betrachtet die Ente, die mit den Jungen ihres Weges watschelt, und stellt fest, dass der Traum davon handelte, wie gern sie selbst ein Kind hätte und dass jetzt alles zu spät und ihr das Leben durch die Hände geglitten ist. Sie blickt zum Hang östlich des Hauses, sieht das Gras im Wind zittern und spürt denselben Wind sanft ihre Wangen und ihren Hals umspielen. Sie sieht den Löwenzahn, zum Teil noch jung und lebhaft, zum Teil schon zu Pusteblumen geworden. Neben dem Löwenzahn sind große Felder von vierblättrigem Klee.

BÚFT

Pastor Sæmundur ist vorhin vom Summen einer Fliege aufgewacht. Sie landete zwischendurch auf der Bettdecke und krabbelte dort eine Weile herum, langweilte sich jedoch schnell und flog weiter, summte weiter, erst an seiner Stirn, dann an den Nasenlöchern, schließlich im Ohr. Er grummelte und wedelte mit der Hand, und sie umkreiste das Bett, landete dann auf seinem Arm und krabbelte darauf herum. Sie war fest entschlossen, ihn zu wecken, gab vor, ein kleiner Goldregenpfeifer zu sein, der ihm sagte, er solle aufwachen und arbeiten. Aber sie war nur eine kleine Fliege. Draußen in der Heide hörte er einen echten Goldregenpfeifer. Er rief fröhlich *bí*, als dächte er gar nicht an ihn und hätte genug mit sich selbst zu tun.

Er spürte die Sonne auf den Schläfen, heiß und aufdringlich wie eine überschwängliche Tante. Sie bohrte sich in seinen Kopf, in sein Bewusstsein. Er hatte Kopfschmerzen. Auf dem warmen Kissen war Sabber. Er erinnerte sich, wo er war und wo er gewesen war. Am selben Ort und zugleich auch nicht. Jetzt war er hier. Es war Freitag. Es war Mittsommer.

Er hatte den ganzen Tag geschlafen, war erst gegen

Morgen ins Bett gegangen, daran erinnerte er sich. Er hatte den Tag verschlafen, das wusste er: die Mittagszeit, zu der er bei der alten Lauga vorbeischauen wollte, den Nachmittag, an dem er ein paar Zeilen für das Konzert heute Abend schreiben wollte. Was sollte er über Chorgesang sagen? *Mein Herz ist getrost, o Gott, ich will singen und spielen,* hieß es in den Psalmen. Er öffnete den Mund und sang leise »Trallala« und verstummte. Sein Singen klang wie das Summen der Fliege, die dies als Aufforderung für einen neuen Vorstoß ansah, ihn aus dem Bett zu schmeißen.

Er blieb noch eine Weile liegen und betrachtete die über ihm schwirrende Fliege. Von draußen drang der vage Klang eines Lieds über den Sonnenschein in Dakota herein. Er sinnierte über den Sonnenschein. Er sinnierte über den vielen Schlaf in der brütenden Hitze, über diesen tatenlosen Sommer, über sein Pfarramt, sein Leben. Er nahm sich ins Visier.

Über allem lag unheilvoller Zigarettenmief, vermischt mit Biergeruch. Er hatte letzte Nacht fast zwei Sixpacks getrunken – eine volle Wochenration, die er sich streng zugeteilt hatte – und ein ganzes Päckchen Zigaretten geraucht. Er schmatzte, schluckte, sinnierte über das Rauchen und das Trinken. Dann dachte er an seine nächtlichen Internetaktivitäten und spürte, wie er innerlich erblasste.

Er war hier – hier und jetzt. Es war Freitag, Mittsommer … da war etwas, was er heute machen musste. Er lag im Schlafzimmer, hatte es offenbar geschafft, sich auszuziehen und ins Bett zu gehen. Gestern Abend hatte er nicht bei Chor-Kata angerufen und war nicht zu ihr nach Hause gegangen, um sie zu überreden, ihn hereinzulassen – diesmal nicht –, das wusste er noch und wurde sofort von einer seltsamen Freude über diesen Erfolg ergriffen, als hätte er einen Preis dafür verdient. Anfang des Sommers hatte er vor ihrem Fenster gejammert, bis Kalli gekommen war und ihn nach Hause gescheucht hatte … Doch nun war er hier und jetzt. Das Fenster stand offen, die Vorhänge waren aufgezogen. Der vage Klang des Sommers drang herein, eine milde und sorglose Sommerbrise trug den Duft von Meer und Blumen zu ihm, trotz des Verderbens hier drinnen, der Asche, des grauen Miefs von Zigaretten und Bier. Warum war er nicht bei den Blumen? Warum segelte er nicht im Wind übers Meer auf den Pfaden Gottes, des allmächtigen Schöpfers des Himmels und der Erde? Warum war er nicht bei den Vögeln und pries die Schöpfung? Warum war er der Sünde ausgeliefert? *Denn ich weiß nicht, was ich tue,* murmelte er: *Denn ich tue nicht, was ich will, sondern was ich hasse, das tue ich …* Er reckte sich nach der abgegriffenen Bibel und blätterte in den Psalmen, wie um sich zu stärken oder eine Idee zu bekommen, was er nachher in der Predigt sagen könnte: *Höre, Gott, mein Schreien und merke auf mein Gebet … Hienieden auf Erden rufe ich zu dir, wenn mein Herz in Angst ist …* Er schlug das Buch zu. Hierher war er gerufen worden. Tatsächlich? Von wem? Dachte Gott überhaupt an ihn – war er nicht mit seinem eigenen Kram beschäftigt?

Viele stammten von hier, zum Beispiel der Rocksänger, der im Sommer für eine Woche herkam, im ehemaligen Haus seiner Eltern wohnte und die Zeitungen immer darüber informierte, oder ein bekannter Zahnarzt aus Hafnarfjörður oder Jóis und Annas Tochter, die für ihren Geschäftssinn bekannt war – die Reederei-Elite von Valeyri.

Doch er war einer der wenigen, die zugezogen waren. Da gab es ihn und Doktor Jónas, der mit keinem sprach und sich in seiner Praxis verschanzte, ja, und Chor-Kata. Vielleicht würde er Chor-Kata heiraten. Vielleicht würde Chor-Kata zu ihm kommen und ihn vom Bösen erlösen.

Wenn er einkaufen geht, kennt er niemanden, aber alle kennen ihn. Die Leute haben ihn damals sehr freundlich aufgenommen, ihn aber immer eher wie einen Gast als wie ihren Pfarrer behandelt. Er bekam jedes Mal Geschichten über den alten Pfarrer aufgetischt, Pastor Kjartan und seine Frau Árný, die schon seit jeher Krankenschwester und für die allgemeine Gesundheitsfürsorge zuständig war, zusammen mit Doktor Jónas, der sie immer mit den Patienten sprechen und diese am liebsten auch behandeln ließ. Der alte Pastor Kjartan war wie die Sonne, die alle im Dorf beschien – und Árný war wie die Strahlen dieser Sonne, die die Leute noch immer wärmten. Sie wusste über die Wehwehchen eines jeden Einwohners Bescheid und linderte jeden Schmerz, sie ging zu den Leuten nach Hause, wenn jemand gestorben war, und saß bei ihnen, sie besuchte die Alten und plauderte mit ihnen, sie kam zu sämtlichen Familienfesten, saß mit einem Glas Sherry mitten im Raum und sagte zu jedem: »Irgendwie hab ich das Gefühl, dass mir ein Teil von dir gehört, Liebchen« – denn sie hatte sie alle auf die Welt geholt. Pastor Kjartans Predigten galten als überaus langweilig und zusammenhanglos und seine Auslegungen der Heiligen Schrift als mehr oder weniger absurd. Sie drehten sich meist um das, was im Dorf gerade in aller Munde war, beispielsweise nutzte Kjartan es schamlos aus, als sich Papageitaucher-Lalli im Suff das Bein gebrochen hatte, und sagte, er hätte versucht, auf ein Kamel zu klettern, um durchs Nadelöhr zu kommen – und Lalli lachte mit …

Die Fliege war wieder da, schwirrte munter summend um seine Stirn, bis sie auf seiner Nase landete, als wollte sie ihn kitzeln. Er wedelte sie genervt weg, setzte sich abrupt auf und blieb eine Weile auf der Bettkante sitzen, nackt. Er ließ den Kopf hängen. *Denn das Gute, das ich will* …, dachte er, *denn das Gute, das ich will* …

Die Fliege schien verschwunden zu sein, bis er sie am Fenster hochkrabbeln sah, als wollte sie hinaus zu dem Goldregenpfeifer, um damit zu prahlen, dass sie ihn aus dem Bett geholt hatte. Er sinnierte über sein Leben, seine Sünden, stand dann mit einem Ruck auf, bewegte sich langsam, als hätte er sich und seine Situation im Griff. Er öffnete den Kühlschrank, holte eine Literflasche Cola light heraus und trank in gierigen Zügen direkt aus der Flasche. Dann ging er ins Bad, pinkelte lange, zog ab, stellte sich vor den Spiegel, streckte die Hand aus und schüttelte sie und sagte gewichtig: »Ja, Ólafur, das ist wirklich ein herrlicher Tag.« Er drehte den Duschhahn auf, stand lange unter dem Wasserstrahl und skandierte: »Gott sei mit euch …« Als er das lebendige Wasser auf seinem Kopf und seiner Stirn spürte, dachte er an jene Quelle, die zum ewigen Leben fließt, und sagte sich, er habe von dieser Quelle trinken dürfen und müsse nie mehr Durst leiden. Er drehte den Hahn zu, stieg aus der Dusche, rasierte sich, betupfte sich mit Rasierwasser, trug Deo auf, putzte sich die Zähne, gab Gel in sein dichtes blondes Haar und kämmte es streng zurück, musterte sich dann im Spiegel mit einem frommen, dabei freundlich-gütigen und zugleich pflichtbewussten Gesichtsausdruck, öffnete schließlich das Fenster in der Toilette.

Draußen pulsierte der Nachmittag: Rasenmäher, ein tuckerndes Motorboot, jauchzende Kinder auf einem Trampolin – ein Geschmack von Sommer. Er ging wieder ins Schlafzimmer, zog eine Hose und ein Hemd an, das er ordentlich zuknöpfte und in die Hose steckte. Dann holte er das Telefon aus seiner Jackentasche und wählte die Nummer der Bürgermeisterin Sigga und ihres Mannes Ólafur, der Kirchenratsvorsitzender und Chorvorstand war. Chor-Kata wollte er nicht anrufen, sie würde nicht rangehen nach dieser Sache letztens. Für einen kurzen Moment stand er mit dem Telefon in der Hand da und sinnierte über die Sünde und die Zehn Gebote, das Wasser, den Tod und sein Leben, sagte dann sehr laut und gebieterisch: »Hallo, grüß dich«, lachte dabei ungezwungen und locker, »Ja, hahaha, was du nicht sagst!«, drückte dann aber urplötzlich die rote Taste, legte das Telefon weg, ging geradewegs zum Kühlschrank und holte eine Dose Bier heraus, die laut zischte, als er sie öffnete. Er holte die Zigaretten oben aus dem Schrank, wo er den Karton aufbewahrte, und stellte beides auf seinen Schreibtisch im Wohnzimmer. Er ging schnell und zielstrebig. Ganz kurz strich er sanft über die kalte, feuchte Dose, ging dann in die Küche und holte einen Lappen und ein sauberes Glas. Er befeuchtete den Lappen und nahm ihn und das Glas mit ins Wohnzimmer, wischte über den Tisch, brachte den übervollen Aschenbecher in die Küche und leerte ihn aus, spülte ihn und wischte ihn mit einem Stück Küchenrolle ab. Dann holte er eine Flasche Gammel Dansk und ein Schnapsglas und stellte beides zu dem Bier. Er ging zum Fenster, machte es zu und sah Chor-Kata vorbeiradeln. Sie trug ein weißes Kleid mit blauen Punkten, schön wie das blühende Leben. Lange sah er ihr nach wie einem erlöschenden Licht und zog dann die Vorhänge zu. Er dachte, wie schade es wäre, nachher das Konzert zu verpassen. Als Nächstes dachte er, dieser Gedanke zeige nur, dass er trotz allem eine gewisse Kontrolle über sein Leben hatte, ihm längst nicht alles egal war, dann setzte er sich mit sauberem Aschenbecher, neuer Zigarettenpackung und Feuerzeug, frischem Bier und Gammel Dansk an den Computer, schaltete ihn ein, goss das Bier langsam in das Glas und den Aquavit in das Schnapsglas, trank den ersten Schluck, bevor sich der Schaum gesetzt hatte, wartete aber mit dem Aquavit, weil er das für ein Zeichen von Selbstbeherrschung hielt, zündete sich eine Zigarette an, sog den Rauch ein und blies ihn langsam wieder aus, trank noch einen Schluck, leerte das Glas und füllte es wieder. Er öffnete iTunes, wählte das *Let It Bleed*-Album von den Stones und klickte dann den Internetbrowser an. Die Musik erfüllte das Wohnzimmer: *Did you hear about the Midnight Rambler / the one you never seen before* … Er spürte ein Prickeln in den Lenden.

~~~

Jetzt ist er *drüben* angekommen – in der Jenseitswelt, die uns erwartet, in einem anderen Leben. Am Tisch sitzt eine Blondine mit tiefem Ausschnitt, und er nennt sie sofort »Goldschopfmaid«, obwohl sie den Namen *Jophiel* trägt, und murmelt: »Goldschopfmaid, stets kussbereit …« Da sind noch ein dunkelhäutiger Kerl mit Glatze und beringten Fingern, der sich *Leonard* nennt, und eine ältere Frau in einem Kleid mit Blumenmuster, die hier auf der Seite die ganze Nacht gespielt hat und den Nickname *Abba* trägt. Schließlich noch ein schmieriger Typ, der ihn
~~~

aus irgendeinem Grund an einen Freund aus dem Theologiestudium namens Leifur erinnert, aber der hier nennt sich *Old Nick*. Er war auch die ganze Nacht da. Old Nick und Abba sind wie ein altes Ehepaar, er stellt sich vor, dass sie schon lange verheiratet und ziemlich tugendhaft sind, obwohl sie hierher in die Spielhölle kommen. Sie mögen es nicht, wenn er die Goldschopfmaid zu sehr anstarrt, das spürt er. »Hallo, guten Tag, seien Sie gegrüßt, gnädige Frau«, sagt er laut mit tiefer, feierlicher Stimme und fängt dann unvermittelt an, zum Rhythmus des derben Blues der Stones im Sitzen zu wippen. Pastor Rock.

Er nennt sich hier Búft, nach seinem Namensvetter Sæmundur dem Gelehrten, der glaubte, er heiße so, als er nach der Lehre beim Teufel aus der Schwarzen Schule kam und seinen Namen nicht mehr wusste, es dann aber schaffte, sich den Teufel untertan zu machen. Das findet er intelligent und gewitzt. So hat er das Gefühl, den dunklen Mächten drüben im Netz gewachsen zu sein. Sie spielen nicht um große Summen, und er stellt sich vor, dass Jophiel mit ihm flirtet. *Goldschopfmaid kifft sich breit mit Sæmi* … Da ist ein Prickeln in seinen Lenden. Er spürt den Spieler in sich, den Sünder – spürt, wie sich sein innerer Sauhund mit jedem Schluck und jedem Zug an der Zigarette wie ein Taubheitsgefühl in ihm ausbreitet und sukzessive sein ganzes Wesen einnimmt. Er trinkt einen ordentlichen Schluck, rülpst und grölt zur Musik. Der dunkle Typ, *Leonard*, blufft plump und verliert schnell seine Glaubwürdigkeit. Die alte Frau, *Abba*, ist weiterhin auf der Hut, aber *Old Nick* ist unberechenbar, obwohl er aussieht wie Leifur, der die Frömmigkeit in Person war.

Pastor Búft leert das Schnapsglas in einem Zug, schenkt nach, holt sich ein neues Bier, zündet sich noch eine Zigarette an, merkt, wie er langsam besser ins Spiel kommt. Bei so einem Spiel ist manchmal scheinbar ewig nichts los, doch dann passiert plötzlich was, und man muss die Gelegenheit beim Schopf ergreifen – das ist die Kunst. Nach und nach erinnert er sich an das Spiel letzte Nacht. Da waren noch mehr Leute dabei, und einige verloren haushoch. Er nicht – er war vorsichtig, er ist kein Pastor Waghals, er weiß, was er tut. Er ist Pastor Obacht. Ein zuverlässiger, seriöser und gewissenhafter Spieler.

Langweilig. Wie Pastor Leifur. Langleifig. Soll man Pastor Langläufig sein? Soll man nicht bluffen? *Old Nick* und die alte *Abba* – das sind die Wichtigen –, sie waren beide mit ihm die ganze Nacht dabei, und was sahen sie? Pastor Obacht. Und wenn er auf einmal viel setzen würde, würden sie glauben, er hätte ein gutes Blatt. Er hat zwei Achten.

Pastor Bluff setzt mehr als die Hälfte dessen, was er hat.

Die Goldschopfmaid steigt aus, er meint, einen nylonbestrumpften Fuß sanft an seiner Wade nach oben gleiten zu spüren, und sieht, wie sie ihm zu Ehren die Lippen öffnet. Der Dunkelhäutige steigt aus. *Old Nick* steigt aus. Es dauert einen Moment, bis die Alte sich entscheidet. Dann bekommt er ein Zeichen: Sie will sehen.

Sie hat zwei Zehnen. Er spürt ihr unsichtbares Grinsen und hört *Old Nick* laut auflachen. Der Nylonfuß verschwindet von seiner Wade. Das Spiel geht weiter, und er schafft es, wieder ein bisschen Geld zusammenzukratzen, indem er zu einem bodenständigen Langweiler wird. Und plötzlich erinnert er sich an sein diesseitiges Leben und beschließt, die Bürgermeisterin Sigga und den Kirchenratsvorsitzenden Óli anzurufen und ihnen mitzuteilen, er sei verhindert – eine böse Grippe. Er testet seine Grippestimme und sagt gespenstisch: »Hallo ... grüß dich, Pastor Búft hier ... puh, tja, musste mich hinlegen ... da hilft nichts ...« Er nimmt das Telefon und drückt auf Wiederwahl. Es klingelt am anderen Ende der Leitung. Die Rockmusik dröhnt, aber er hört sie nicht. Während er wartet, tauscht er und bekommt neue Karten. Er lauscht dem Freiton und konzentriert sich darauf, nichts von dem zu vergessen, was er sagen will, über die Grippe und das Konzert nachher und die Gnade unseres Herrn Jesu Christi, doch auf einmal sieht er, dass er vier Asse hat. In seinem Innern scheint alles hell aufzuleuchten. Er hat vier Asse. Verdutzt legt er den Hörer weg, langsam: vier Asse. Das bedeutet, dass er den Pot gewinnen kann. Er kann unerhörte Summen gewinnen. Er muss den Pot gewinnen. Er hat vier Asse. Man kann zwanzig Jahre lang jeden Tag Poker spielen und nie vier Asse haben. Das ist, wie die Beatles zu sehen, denkt er. Die einzige Chance, die er auf Erden bekommt. Er leert das Bierglas in einem Zug, schenkt sich einen Gammel Dansk ein, kippt ihn hinunter, schenkt nach, zündet sich noch eine Zigarette an und summt mit dem Chor bei *You can't always get what you want.* Es ist noch nicht allzu lange her, dass er versucht hat zu bluffen, und wenn er jetzt wieder viel setzt, glauben die anderen bestimmt, er sei verrückt, besoffen oder im Bluff-Rausch, und wollen alle sein Blatt sehen. Er blufft, dass er blufft. Er beschließt, alles zu setzen. Er hört den Ton im Telefon vor sich auf dem Tisch nicht, hört Jagger und den Chor nicht ... spürt aber den Blick der Goldschopfmaid fast greifbar auf sich ruhen, und wieder streicht der nylonbestrumpfte Fuß an seinem Bein nach oben, diesmal bis zum Schritt. Er spürt das Prickeln in den Lenden. Er brennt.

Alles steht auf dem Spiel. Alles ist weg. Sein Monatslohn, der Dispo, die Raten für das Haus und den Wagen, die Visa-Rechnung, Strom, Heizung, alles; sein Leben, seine Gesundheit und sein Glück. Wenn er jetzt gewinnt, ist er gerettet. Dann kann er das Blatt wenden und ein neuer Mensch werden, obwohl er tief im Innern weiß, dass er immer hierher zum Ruhefelsen seines Lebens zurückkehren wird, um in den Abgrund zu schauen, denn hier am Abhang fühlt er sich wie ein Mensch, hier fühlt er sich so, als würde er leben. Schweben.

~~~

Old Nick will sehen. *Abba* auch. Er zeigt seine Karten, und im selben Moment erlischt das Bild von *Jophiel*, es verschwindet vom Bildschirm, und *Leonard* auch. Der Chor singt unablässig davon, was uns in diesem Leben erwartet. Búft schaut in den Abgrund. Er ist am Ruhefelsen seines Lebens.

Erneut füllt er das Schnapsglas und nimmt sich noch ein Bier, wartet nicht, bis sich der Schaum gesetzt hat, sondern kippt das Glas hinunter, schenkt wieder nach. Das Telefon liegt in seinem Schoß, klingelt immer noch. Die Musik dröhnt.

Sie spielen nur noch zu dritt. *Búft*, *Abba* und *Old Nick*, dieses reife Paar, das alte Ehepaar. Er betrachtet ihre Bilder auf dem Monitor, während er wartet. Haben sie sich verändert? Er blinzelt – sie haben sich verändert. Eben noch hatte *Abba* einen spöttischen Zug um den Mund, doch jetzt nicht mehr, sie urteilt nicht mehr, sie trägt ein weißes Kleid, und ihre Haare sind weiß und schmiegen sich apart an ihre weichen Wangen, sind nicht mehr wie
~~~

vorhin zu einem grauen strengen Knoten hochgesteckt, in der Form ein wenig wie eine Taube, sehen nicht mehr grau aus, sondern sanft und weich, und ihr Lächeln ist unbeschreiblich milde, als wisse sie alles über ihn, kenne seine Sünden und Vergehen, seine innersten Gedanken, Phantasien und Träume und Bedürfnisse, kenne ihn jenseits aller Worte und Taten und könne ihn wiegen wie das Gras im Wind oder ihn in die Welt hinausschicken wie die Samen der Pusteblume. *Old Nicks* Mund ist zu einer Art Lächeln erstarrt, das immer schmieriger und fanatischer wird. Die grauen Haare sind in Strähnen über seinen Schädel gekämmt. Er ist pausbäckig, hat ein Doppelkinn und einen Ausschlag auf der Unterlippe, seine Haut sieht aus, als esse er zu viel ungesunden Süßkram, trinke zu viel billigen Wein, rauche zu viel Hasch. Er trägt einen Ring am rechten Ringfinger, darauf ist ein Bild, irgendein Gekritzel, ein unleserliches Gekrakel, nein, es ist ein Bild – es ist ein Bild von einer Fliege. Ihre Beine bewegen sich. Er trägt an jedem Finger einen Fliegenring, die Fliegen sind schwarz, grün, rot. Pastor Sæmundur hebt die Hände in einer grotesken Geste wie zum Gebet, das Gesicht zu einer stummen Fratze verzerrt, während die Musik dröhnt und das Telefon auf seinem Schoß weitertutet, sie haben sein ganzes Geschick in der Hand, alles hängt davon ab, wie hier auf diesem Ruhefelsen seines Lebens gespielt wird, das wird ihm klar, als sich der Alkoholnebel plötzlich lichtet – alles steht auf dem Spiel: Entweder er ist bis in alle Ewigkeit verloren oder für immer gerettet. Er hat vier Asse. Das spielt keine Rolle. Er erkennt, dass man nicht immer das bekommt, was man will, aber dafür manchmal das, was man braucht. Ihm wird klar, wer die beiden sind, die hier um ihn spielen; er begreift, dass ihm unbeschreibliche Strapazen bevorstehen, wie auch immer es ausgehen wird, eine lange Reise über einen steinigen Weg, über Geröll und Schotter, durch Feuer und verbrannte Städte, durch verdunkelte Tage, Schmach und ein tiefes Tal, bis er das Tor der Finsternis erreicht.

DUFT VON ASCHE

Die Sonne strömt durch die offene Westtür herein. Ólafur betrachtet die Sonnenstrahlen, die im Weinglas flirren, und erinnert sich dabei an die nette Dixieland Band, die er gestern auf Youtube gesehen hat. Er trinkt noch einen Schluck Wein, lächelt bei der Erinnerung und erzählt den anderen davon, mit schleppender Stimme, fast wie auswendig gelernt, und sie schauen ihn alle drei an – und lächeln. Doch es liegt Unruhe in der Luft.

Er sagt, er wisse nicht mehr, wie die Band heiße – »aber sie war auf Youtube«, wiederholt er feierlich, als sei das eine wichtige Information –, was schon für sich genommen ein bisschen lustig wirkt, wie er, vom Wein sensibel geworden, bemerkt, und er wiederholt beinahe streng: »Youtube, wie gesagt.« Dann macht er eine winzige Pause, während er bewundert, wie die schelmischen Sonnenstrahlen im Weißwein flirren und in dem hellen, schönen Wohnzimmer über die Wände jagen, und beschreibt dann mit erstaunlicher Genauigkeit, wie die Klarinettistin, ein hübsches Mädchen, beim Spielen den Fuß anhob, wie der Posaunist die Augen verdrehte, wie der spindeldürre Trompeter sein Instrument hielt, als könne er es kaum heben, der Schlagzeuger grinsend mit den Sticks wirbelte und der füllige Bassist seinen Bass im Kreis schwang wie eine Dame beim Polkatanzen. Der war so witzig, der Bassist. Auf Youtube.

Óli selbst ist deprimierend groß, schlank und blond, jungenhaft, obwohl er bald sechzig wird, schlaksig, doch seine Bewegungen sind alles andere als anmutig, denn er hält sich krumm und bewegt sich immer ein bisschen wie eine Marionette, und wenn er wie jetzt ein paar Gläser Weißwein getrunken hat, scheint er den Arm nicht selbst zu heben, sondern der Arm wird angehoben, wenn er an seinem Glas nippt, was er ziemlich oft macht, obwohl er nachher mit dem Chor beim Konzert im Gemeindehaus singen soll. Ansonsten ist er von Natur aus besonnen und umsichtig, und niemand gab ihm die Schuld, als die Bank zusammenbrach – beziehungsweise um fünf vor zwölf gerettet oder irgendwie zu einer neuen Bank gemacht wurde, oder wie das eigentlich war, niemand begreift das so richtig –, jedenfalls machte die Öffentlichkeit den großen allgemeinen Bankencrash dafür verantwortlich, denn Óli war für die gesamte Dorfgemeinschaft ein Fels in der Brandung, auch wenn manche, vor allem Journalisten und Blogger aus Reykjavík, sich natürlich nach den beträchtlichen Krediten der Bank an die Reederei und nach der genauen Verbindung zwischen dem Filialleiter der Bank und dem Vorstand der Reederei erkundigten.

Das lässt sich selbstverständlich leicht beantworten. Sie sind eine Einheit. Alle, die hier sitzen, sind ein Molekül: Óli und Sigga, Jói und Anna. Sie würden immer eins sein.

~~~
~~~

Vielleicht muss Óli eines Tages für all das Rechenschaft ablegen, aber Sigga findet, dass er dann auch von seiner Rolle als Seelsorger und Retter in der Dorfgemeinschaft erzählen sollte, wie er ganz allein mit unzähligen Mitbürgern in seinem Büro über Automobil- und Immobilienkrediten und Ratenzahlungen und Forderungen saß und ihnen half, die Verstrickungen zu entwirren, die sie selbst nicht mehr durchschauten. Und nie viel Aufhebens davon machte. Reden die Schandmäuler in der Stadt darüber? Wird in den Zeitungen in Reykjavík berichtet, wie er mit den Leuten zusammensaß und sie beruhigte, ihnen Ratschläge gab, sie wieder auf den richtigen Weg brachte, ihnen Geld lieh und darauf achtete, dass ihre unvorsichtigen Käufe von Dingen, die genau genommen durchaus noch hätten warten können, sie nicht in Schwierigkeiten brachten. Sigga glaubt, dass es ihm, sollte er wegen der Kredite an die Reederei, die die Bank tatsächlich zu Fall brachten – oder wie auch immer das nun war –, vor Gericht müssen, dass es ihm dann leichtfallen wird, seine Vorgehensweise professionell zu erläutern, wie er nach offiziellen Vorgaben aus der Hauptniederlassung in Reykjavík handelte, Vorgaben von Kollegen, die er für vertrauenswürdig hielt, wie er von Leuten getäuscht wurde, die selbst von Leuten getäuscht wurden, die von Leuten getäuscht wurden. All das weiß sie, weil sie abends, wenn alles still ist, zusammen ins Bett kriechen und sich unterhalten – der Filialleiter und die Bürgermeisterin. Er erzählt ihr alles, und sie hört zu und streicht ihm dabei über den Rücken und die Haare und die Beine und den Po, und dann endet es damit, dass sie ihm einen runterholt, sodass der ganze Ärger des Tages aus ihm herausspritzt.

Doch nun denken sie nicht an Bankencrashs und

Dienstleistungen. Nachher ist ein schönes Konzert, bei dem sie alle singen werden. Der Weißwein ist eiskalt und die Brise warm, wenn die Nachmittagskühle vorbeigezogen ist und die Sonnenstrahlen über die Wände tanzen, trunken von dem vielen Weißwein, in dem sie fröhlich geplanscht haben. Und die Dixieland Band hat Ólafur gestern so gut gefallen, als er auf Youtube für Einar nach gutem Jazz aus der Slowakei suchte, damit der ihn sich anhören konnte, wenn er bald nach Trnava fahren würde, um dort in der Oper zu singen.

Ólafur trinkt immer noch von dem kalten und erfrischenden und leicht bitteren Wein: »Ich glaube, sie waren Tschechen oder, wie gesagt, irgendwo aus der Ecke, es sei denn, sie waren aus Youtube?«, sagt er nachdenklich. »Und sie spielten Dixieland … diesen fröhlichen und lustigen Dixieland, der so nett ist. Sie waren so lebhaft. Besonders der Bassist, der war witzig. Ich würde sie gern mal sehen, hört zu, Leute, sollen wir nicht einen Trip nach Trnava machen, uns Einar in der Fürstin anschauen und dann auch diese Band?«

Der sonnenreiche Weißwein hat merklich Einfluss auf ihn, und er reitet ein bisschen auf dieser Sache herum, hat sich für einen Moment nicht unter Kontrolle, ist auf einmal betrunken. Doch Sigga weiß, dass das nicht lange anhalten wird, denn sobald er es merkt, wird er sich ein neues Glas holen und Wasser trinken, bis er sich wieder im Griff hat. So ist er.

Oben im ersten Stock klingelt das Telefon, aber er scheint es nicht zu hören, wedelt mit den Armen und sagt in einem merkwürdigen Tonfall: »Ich … ich glaube …?«

~~~
~~~

Von draußen kommt eine milde Brise herein – Meeresduft. Auf dem Sofa sitzen Anna und Jói. Sigga steht mitten im Raum und schaut Óli an, als dächte sie über ihn nach. Sie scheint zu zögern, als wüsste sie nicht, ob sie ans Telefon gehen, das Essen holen oder der Geschichte lauschen soll. Unruhe liegt in der Luft, vielleicht wegen des Klingelns, vielleicht wird sie auch von draußen durch das Spiel der Kinder, die aufgekratzt auf dem Trampolin jauchzen, und das Tuckern des Motorboots und das Kreischen der Möwen hereingetragen, oder vielleicht ist sie auch einer Stimmung zwischen ihnen entsprungen, denn diese vier haben eine lange gemeinsame Geschichte, haben großen Einfluss aufeinander, und es gibt vieles, was sie voneinander wissen, und einiges, was sie nicht voneinander wissen – obwohl sie ein Molekül sind. Und einiges, wovon sie nicht wissen, dass sie es voneinander wissen.

Er mustert seine Sigga mit sanften Augen und dann Jói, richtet den Blick dann auf Anna. »Ich glaube«, sagt er heiser. »Ich …«

Und die Sonne strömt durch die Westtür herein – sie ist noch kräftig genug, und auf einmal scheint es, als würde der Abend nicht kommen, vielleicht erst irgendwann im Herbst. Der scheidende Wind weht ab und an in die weiße Gardine, die sich in träger Sinnlichkeit bauscht. Eine Honigbiene summt satt auf der Terrasse. Gelächter von den Kindern auf dem Trampolin wird von draußen hereingetragen und vermischt sich mit den schrillen Rufen des Rotschenkels und den schwirrenden Flügeln der Bekassine, dem Klingeln des Telefons und Roy Orbison, der aus der Anlage jault: *Only the lonely / know the way I feel tonight* … Die anderen lächeln Óli an. Sie kennen ihn und wissen, dass das vorübergeht. Óli ist nie länger als höchstens drei, vier Minuten betrunken. Wahrscheinlich geht er selber ans Telefon – normalerweise ist es für ihn.

So ist ihr Leben. Sie sind ein Molekül. Sie sind eine Einheit. Anna und Sigga sind die allerbesten Freundinnen auf der ganzen Welt, und Jói und Óli allerbeste Freunde, und sie haben alle zusammen in den Straßen von Valeyri Fangen und Ein-Hut-ein-Stock-ein-Regenschirm gespielt, waren zusammen auf der Schule, wurden zusammen konfirmiert, gingen zusammen aufs Gymnasium in Akureyri, nachdem sie sich automatisch zu Paaren zusammengefunden hatten – und-vorwärts-rückwärts-seitwärts-ran –, die kleine Dunkelhaarige mit dem großen Blonden und der kleine Dunkelhaarige mit der großen Blonden, und gingen für ein paar Jahre nach Kopenhagen zum Studieren – zusammen –, kehrten wieder zurück und bauten ihre Häuser Seite an Seite – zusammen – und bekamen nacheinander Kinder, die zusammen aufwuchsen und Fangen und Ein-Hut-ein-Stock-ein-Regenschirm spielten und in die Stadt zogen.

Sie treffen sich am Wochenende und trinken Weißwein und essen etwas Besonderes und Außergewöhnliches, das sie einträchtig gemeinsam nach allen möglichen Rezepten zubereiten, und spielen Bridge anstatt Flüsterpost wie früher als Kinder. Manchmal machen sie einen Ausritt auf ihren Pferden, um die sich Kalli kümmert. Sie sind Lebensgefährten. Manchmal laden sie Gäste ein: Andrés und Fríða, Árni auf Reisen aus dem Alten Arzthaus und Jósa oder Kalli und Sidda, die Krankenschwester Árný und Lalli Lárs Tochter, die alte Lára, von ihren Eltern die Einzige, die noch am Leben ist. Aber dann kann man Lalli Lárs Sohn und Jóis Onkel, Papageitaucher-Lalli, nicht einladen, denn Lára und er reden nicht mehr miteinander.

Manchmal singen sie einträchtig zusammen, und Óli spielt unbeholfen und ergriffen auf seiner Harmonika, und donnerstagabends treffen sie sich bei Óli und Sigga und hören ein Symphoniekonzert im Radio, worüber sich manche im Ort lustig machen, zumal Ólafur unter den Dorfbewohnern manchmal Óli Glanz genannt wird – doch wie sonst hätten sie Mahler und Rimski-Korsakow kennenlernen sollen?

Sie machen Kulturtrips in die Stadt, aber noch öfter ins Ausland, weil sie Reykjavík für einen überflüssigen Zwischenstopp halten und manchmal aus Spaß sagen, Valeyri sei städtischer, hier gebe es ein Café, einen Chor, buntes Treiben am Hafen und Junkies in dunklen Hausecken. Sie sind zusammen übers Wochenende in die wichtigsten europäischen Städte gereist, und diese Reisen sind perfekt durchorganisiert: vormittags Museen und Theater und wichtige Gebäude, dann gehen Anna und Sigga zusammen zu H&M, um Klamotten für die Enkelkinder zu kaufen und sich umzuschauen und allerbeste Freundinnen auf der ganzen Welt zu sein, während Óli und Jói in einem Straßencafé oder einer Kneipe ein Bier trinken und sich unterhalten: Jói beichtet Óli seine Sünden, sobald er angetrunken ist, und Óli nickt, wirft aufmunternde und mitfühlende Worte ein, schüttelt den Kopf, lacht, seufzt, streichelt die Aura seines Freundes. Außerdem müssen sie natürlich Einars Werdegang mitverfolgen, Ólis und Siggas Sohn, der durch die kleineren Opernhäuser in Europa tingelt und verschiedene Rollen in italienischen Opern singt – zwar nicht die Hauptrollen, aber auch nicht die kleinsten Rollen, immer mal wieder Arien, die er sehr gut meistert … Und die Männer fahren zusammen zu Spielen von Manchester United und sitzen in ihren T-Shirts mit anderen Isländern aus der Provinz im Fan-Block und singen mit den Fans, angeheitert, kindsköpfig und glücklich. Anschließend gehen sie in ein Pub, und Óli ist ein paar Minuten lang angesäuselt und nickt verständnisvoll, und Jói betrinkt sich und beichtet. Sie halten auch den örtlichen Fußballverein am Laufen, der Svarri heißt, nach dem Berg, haben hier und dort Spieler und Trainer eingekauft mit dem Ergebnis, dass die Mannschaft es schon mal in die erste Liga schaffte, dort eine Zeitlang herumschwebte, aber genauso schnell wieder fiel.

~~~

So ist ihr Leben. Sie sind Sonnenscheinkinder und strahlen vor Glück. Das sieht man an ihrer Haut, die passlich braun, aber nicht wettergegerbt ist, an ihrer Kleidung, an ihrem Schmuck, wie sie auftreten. Jói hat einen Kranz grauer Haarstoppeln um den Schädel, und obwohl es nur die Stoppeln eines glatzköpfigen Mannes sind, haben diese Stoppeln etwas an sich, das auf eine Beratung schließen lässt, als habe ein italienischer Friseur sie entworfen. Breitnackig, wie er ist, strahlt er dazu eine unermessliche sexuelle Energie aus und hat große, kräftige Hände, die immerzu Maschinen bauen könnten, die die Welt verändern, und er streicht über alles, was er sieht, wie um die Beschaffenheit und die Möglichkeiten der Dinge zu erspüren: Schränke, Bäume, Steine, Metallenes – und Frauen. Jede Frau, die er kennenlernt, ist für ihn wie ein neuer Spiegel, in dem er sich betrachtet, eine Idee von einem anderen Leben, mit dem er sich vertraut machen
~~~

muss, bevor er sein eigenes Leben weiterführt. Er ist unruhig, läuft ständig hin und her, richtet seinen Gürtel auf nahezu bedrohliche Art, verfügt offenbar über den unbeirrbaren Charme eines Machers; er wirkt auf die Leute, als sei er immer kurz davor, etwas Beeindruckendes auf die Beine zu stellen. Sigga ist auch dunkelhaarig und hat ein kompetentes, überzeugendes Auftreten, sie ist klein und hat breite Hüften, wäre nach den Geburten fülliger, wenn sie nicht ständig Kalorien zählen würde, ist impulsiv, was alle so nett finden, gefühlvoll und warmherzig. Jói und sie sind dritten und vierten Grades miteinander verwandt. Sie weiß alles über ihre Kinder und Enkelkinder, weil sie die richtigen Fragen stellt und die richtigen Schlüsse zieht. Als sie fünf Jahre alt war, beschloss sie, dass Anna, die drei Häuser weiter wohnte, ihre beste Freundin werden sollte, weil sie so hübsch war mit ihren blonden Locken, ihrem offenen Lächeln und ihrem sanften Gemüt, und seitdem haben sie sich jeden Tag getroffen – die allerbesten Freundinnen auf der ganzen Welt.

Vor drei Jahren beschloss sie, ihre Chance zu ergreifen, als alle im Vorstand der Unabhängigen sie unbedingt überzeugen wollten, die Liste für die Kommunalwahlen anzuführen, und sie war so beliebt im Ort, dass die Partei die absolute Mehrheit gewann und sie Bürgermeisterin wurde, nachdem sie jahrelang als Schulsekretärin gearbeitet hatte.

~~~

Und Anna … Sie sitzt anmutig mit übergeschlagenen Beinen auf dem Sofa und umfasst mit ihren wohlgeformten Fingern den Stiel des Weinglases auf ihrem Schoß, hat
~~~

noch dasselbe blonde Haar, seidenweich gewellt wie früher, dieselbe ranke und schlanke Figur, eine vorwitzige, zierliche Nase und große blaue Augen, dasselbe taktvolle Lächeln, das allen Kummer, alle Abscheu, alles Ungestüm überdeckt – alles, was sich in ihrem Innern regt. Sie besitzt 365 Kleider, und wenn sie die Schüler in Geographie und Mathematik unterrichtet, würde sich niemals ein Kind schlecht benehmen, aus Angst, sie zu verletzen. Dabei ist ihr Geist hart und ihr Herz kalt. Falls es in ihren Gedanken einen Hauch von Zuneigung für Jói gibt, gelingt es ihr, diesen für sich zu behalten.

Er ist aufgestanden, obwohl die Geschichte von der Band auf Youtube noch nicht offiziell beendet ist, denn Óli, der Anna mit treuherzigem Blick in die Augen schaut und mit merkwürdiger Stimme sagt: »Ich glaube ... ich ...«, wedelt immer noch mit den Armen, als suche er nach den richtigen Worten, um genau zu erzählen, welches Lied sie auf Youtube gespielt hat, diese Dixieland Band, die so lustig war. Oben klingelt das Telefon. Jói richtet seinen Gürtel auf diese gefühllose Art, während er durch den Raum schreitet. Das ist eine Angewohnheit von ihm, als meine er, seine Wampe sei ein Geheimnis, das verschwände, wenn er sein Hemd straffe. Er stellt sich vor, seine Geheimnisse seien sicher umgürtet. Er wirkt nervös. Obwohl Anna Óli in die Augen schaut, der ihren Blick entgegnet, sieht sie aus dem Augenwinkel, dass Jói abgenommen hat, und bekommt sofort eine Eingebung, dass er wieder angefangen hat zu rauchen, obwohl sie noch keinen Zigarettengeruch an ihm wahrgenommen hat. Sie muss Sigga danach fragen. So verlaufen die Fäden in ihrem Leben, die Schweigepflicht: Jói beichtet Óli seine Sünden, der sie wiederum abends vor dem Schlafengehen Sigga erzählt, entgegen seinem festen Versprechen, niemandem und am allerwenigsten Anna davon zu erzählen, und Sigga vertraut sie dann am Küchentisch Anna an, wobei sie sich an den Händen halten, die allerbesten Freundinnen auf der ganzen Welt. Deshalb weiß Anna von Jóis Abenteuern auf Geschäftsreisen nach Reykjavík, von den Seitensprüngen und Affären, den Besäufnissen, dem Glücksspiel. Und von den Problemen in der Reederei, von denen er zu Hause nie etwas verlauten lässt, lediglich versichert, es sei alles in Ordnung, auf genau dieselbe Art, wie er seinen Gürtel richtet.

Sie weiß alles über ihn. Sie durchschaut ihn. Der Ort, den er in ihrem Herzen einnimmt, ist eine kalte und tote Lichtung, auf der einst Blumen wuchsen. Er ist ein mit Spinnweben überzogener Dachboden in einem verfallenen Schloss. Er ist ein Kühlfach, in das jede neue Geschichte von seinen Abenteuern und Vergehen abgelegt wird, jedes neue Geständnis, um dort aufbewahrt zu werden. Früher gab es einen heißen Fleck in ihrem Herzen, der sie von innen wärmte, wohin sie auch ging, doch vor zwanzig Jahren erlahmte und erstarb dort alles. Das war, als sie seinen Schreibtisch abwischte und einen Brief von einer gewissen Olga fand, der nachlässig unter die Telefonrechnungen geschoben worden war. Darauf befand sich eine Zeichnung von ihm, nackt und mit erigiertem Penis, aus dem ein rotes Herz herausspritzte. Darunter stand in großen, femininen Buchstaben *Liebesknochen* und *Knackarsch* und *geiler Schwanz*. Als Anna dies abends zur Sprache brachte, während sie nebeneinander im Badezimmer standen und sich die Zähne putzten, hielt er inne, ließ die Zahnbürste sinken, schaute sich erschrocken im Spiegel an und schwieg lange, bevor er zugab, ein

Verhältnis mit einer Künstlerin zu haben, die in Reykjavík wohnte und ständig wegen irgendwelcher Happenings in der Zeitung stand. Dann rannte er durchs Badezimmer und versuchte, sein Pyjamaoberteil in seine Pyjamahose zu stopfen, jammerte und heulte und schwor und beteuerte inbrünstig, das sei nichts Ernstes und nur eine Lappalie, er sei ein Mann und brauche das, aber nur sie sei die Königin seiner Gedanken, die Fee an seinem Tisch, die Göttin, die Sonne, ihr allein gehöre sein Herz und seine Seele, und vermutlich auch seine Lunge und seine Nieren, wie Anna es Sigga gegenüber ironisch formulierte, als sie ein paar Abende später zu zweit in der Küche saßen. Sie allein sei ihm wichtig – er liebe sie.

»Ist es denn«, fragte sie mit leiser Stimme, »eine Bedingung für dich, dass du die Menschen, die du anständig behandelst, nicht liebst?«

Er warf sich auf die Knie, kroch im Schlafanzug zu ihr und weinte, bat sie, ihm zu verzeihen, ihm noch eine Chance zu geben, es werde ihm eine Lehre sein, so etwas Absurdes, sie zu betrügen, wo sie doch die schönste Frau im ganzen Land sei, die Göttin des Lichts … Sie trat ihm gegen die Brust, sodass er hintenüber auf die Badewanne fiel und sich den Hinterkopf aufschlug, worum sie sich nicht kümmerte, sondern hinausstürmte, einen Mantel übers Nachthemd zog und runter zum Strand lief, wo niemand war, außer dem Dichter Smyrill, der dastand und aufs Meer blickte. Sie rannte am Ufer entlang und dachte, was für ein Schwein er doch sei und ob sie mit den Kindern – damals zehn und zwölf Jahre alt – in der Stadt ein neues Leben beginnen und sich einen achtzehnjährigen Liebhaber zulegen solle, sie könne dort ja ebenso gut unterrichten wie hier. Dann ging sie nach Hause schlafen. Ein neuer Tag begann mit neuem Schweigen.

Am Abend schenkte er ihr Blumen und schaute sie mit Hundeblick an und bekräftigte eifrig alles, was sie zu den Kindern sagte. Sie warf ihn aus dem Schlafzimmer, und sie schliefen nie mehr miteinander. Sie glaubte ihm nie mehr etwas, nur, dass er ohne sie verloren wäre, verachtete ihn zeitlebens, doch es kam vor, dass sie ihm übers Haar oder über die Wange strich, wenn er besonders bedauernswert war, und er reagierte darauf wie eine liebesbedürftige Katze und reckte mit ergreifendem Eifer den Kopf.

Und jetzt ist er aufgestanden und richtet seinen Gürtel und schreitet durch den Raum. Das ist so seine Art: Er steht urplötzlich auf, marschiert los, würgt eine Unterhaltung mit irgendeinem schrägen Thema ab, spielt mit seinem Handy herum, während die Leute mit ihm reden. Manche halten das für ein Zeichen von Dynamik und Tatendrang, aber Anna weiß, dass es lediglich Undiszipliniertheit ist, Konzentrationsmangel und die Unfähigkeit, Dinge abzuschließen, seien es private oder sonstige. All ihre Hoffnungen hatte sie auf ihre Tochter Helga gesetzt, weil sie wusste, dass sie anders war, und fand, dass Helga ihr ähnelte, und sie war so froh, als Jói in Übereinkunft mit ihr und seiner Mutter Lára beschloss, Helga die Leitung der Firma zu übergeben. Damals sprachen sie manchmal wie vernünftige Menschen miteinander und waren sich darüber einig, dass Helga die Richtige sei, um die Firma in neue Bahnen zu lenken, was er laut Sigga auch zu Óli sagte. Dann brach alles zusammen. Es war alles ein Missverständnis, eine Blase, Lügengewäsch. Und obwohl nach außen hin alles unverändert scheint und sie genug Geld haben – das weiß sie von Sigga, er hat genug Geld auf Geheimkonten beiseitegeschafft –, hat Jói nichts anderes zu tun, als rumzusitzen und vor sich hin zu starren und darauf zu warten, die Reederei wieder übernehmen zu dürfen, in der er alles kennt, seit er neun Jahre alt ist, in der er alle Arbeiten verrichten kann und weiß, wie alles zu sein hat und wie nicht. Während er auf die Entscheidung des Auflösungsausschusses in Reykjavík wartet, ringt er damit, durch den Raum zu schreiten und seinen Gürtel zu richten, Sünden zu begehen und sie Óli im Suff in der Garage zu beichten.

~~~

Unruhe liegt in der Luft. Oben im ersten Stock klingelt das Telefon. Dabei ist Óli immer noch nicht ganz fertig mit seiner Geschichte über diese Band auf Youtube, aber sie scheint zu stocken, und Sigga tritt von einem Bein aufs andere. Sie war auf dem Weg in die Küche, um den kleinen Imbiss zu holen, den sie vor dem Konzert essen wollten – Salat mit kalter Forelle, dazu Dillsoße, etwas Leichtes, das vor dem Singen nicht zu schwer im Magen liegt –, doch jetzt klingelt das Telefon, und außerdem hat sie den Eindruck, dass Óli vielleicht seine Youtube-Geschichte beenden sollte, bevor sie geht, wobei sie sich nicht sicher ist, ob die Geschichte nicht schon fertig war, denn er ist mitten im Satz steckengeblieben und wedelt mit den Armen, als versuche er, sich an etwas zu erinnern, und sagt auf ganz merkwürdige Weise: »Ich glaube … ich …« In einer Woche ist es vierzig Jahre her, dass er um ihre Hand angehalten hat. Es war an einem dieser Septemberabende, die es manchmal mitten im Sommer gibt, wenn
~~~

sich Gräue auf alles legt wie ein Naturgesetz. Erst kurz zuvor waren sie aus Akureyri zurückgekehrt nach ihrem letzten Winter auf dem Gymnasium. Sie fuhren in ein Tal, wie Verlobte es hier in Valeyri machen, und am Ende des Tals schaltete er den Motor aus, wie es ebenfalls üblich ist, blieb eine Weile am Steuer sitzen, drehte sich dann abrupt zu ihr und sagte: Sollen wir heiraten?

Die Scheibenwischer glitten auf der Windschutzscheibe hin und her, haargenau justiert, sodass sie nur liefen, wenn es nötig war. Und als er dies zu ihr sagte, war er selbst auch haargenau justiert, glücklich. Sie dachte überhaupt nicht nach, sondern sagte natürlich sofort ja. Sie hatte es nie bereut. Ihr Leben war glücklich und richtig verlaufen, und alle Unannehmlichkeiten wurden beseitigt, bevor man sie sah, außer vielleicht die Sache mit Jói, doch es war, als schweißten diese Probleme sie zusammen. Óli hatte nicht viel fürs Gärtnern oder Werken oder Reparieren übrig, aber er war ein guter Mensch; er ging mit den Kindern raus, als sie Radfahren lernten, und rannte eine Stunde lang mit ihnen die Straße rauf und runter und hielt das Fahrrad fest, obwohl sie es schon längst konnten und alle am Fenster standen und über Óli Glanz lachten.

So war er immer noch, und sie wusste, dass er in der Bank vielen geholfen hatte und nicht daran schuld war, wie sich alles entwickelt hatte … Dabei war es manchmal so, als hätte sich gar nichts geändert, obwohl die Bank pleitegegangen war, zumindest arbeitete er noch dort, wie er es immer getan hatte, und sie hatten noch genug für sich und die Kinder. Zum Glück, denn Einars Gesangstunden in Wien waren nicht billig, und Alda hatte für ihr Haus in Hafnarfjörður einen Fremdwährungskredit aufgenommen. Sigga wusste, dass es Óli manchmal sehr naheging – genau wie ihr selbst –, dass Alda und Einar beide fortgezogen waren und er seine Kinder und Enkelkinder nicht jeden Tag sehen konnte. Er sprach nie davon, wie selten er seine Enkel sah, erwähnte nie, wie oft Jóis und Annas Tochter Helga dagegen mit ihren Kindern in Valeyri war. Aber sie hatte natürlich eine Aufgabe hier bei ihrem Vater, kein Wunder, dass sie oft kam – eine Zeitlang. Inzwischen waren die Besuche natürlich seltener geworden.

Als Jói damals die Reederei von seiner Mutter Lára übernommen hatte, hatte er eigene Vorstellungen von der Entwicklung des Betriebs gehabt, der nach seinem Empfinden veraltet und zu sehr an die Primärproduktion gebunden war. Sein Glück war, dass Helga ihr Wirtschaftsstudium an der Uni Reykjavík gerade mit Bestnote abgeschlossen und ihre Diplomarbeit in einer Investmentfirma über die bessere Nutzung von Rohstoffen und Perspektiven unter Berücksichtigung von Investitionsmöglichkeiten in neue Wirtschaftszweige geschrieben hatte. Ungefähr zur selben Zeit fing sie an, bei der Bank zu arbeiten, und rief dort eine Kommission ins Leben, die die Aufgabe hatte, die Ausrichtung der Firma neu zu definieren.

Jói fand es sinnvoll, dass Helga die Firma irgendwann übernehmen und so wie ihre Großmutter Lára führen würde, zumal sie beide mit gleichermaßen unfähigen Ehemännern verheiratet waren. Jóis Vater war jahrzehntelang aufgrund seiner Sauferei bettlägerig gewesen, und Helgas Mann war ein gutaussehender Fußballer, der sich darauf spezialisiert hatte, sich so fallen zu lassen, dass er Freistöße und Elfmeter erntete. Helga und Konsorten nahmen als Erstes einen fetten Kredit bei der Bank auf, verpfändeten die Fangquote und behaupteten, es sei teurer, keinen Kredit aufzunehmen, und sie könnten den Gewinn der Quote auf diese Weise maximieren – *das Geld aus dem Silo runter aufs Förderband bringen*, wie Helga es ausdrückte und Jói nicht müde wurde zu wiederholen.

Man berechnete die Ausrichtung der Firma auf wissenschaftliche Weise mit allen möglichen mathematischen Formeln und investierte in diverse interessante Wirtschaftszweige, die überall aus dem Boden schossen, zudem bekam Jói die Möglichkeit, sich in Firmen einzukaufen, woran ihm besonders gelegen war. Und was bekam er für sein Geld? Ein Autohaus in Reykjavík, eine Fußballmannschaft, die er mit einem Trainer aus Schottland und achtundzwanzig Spielern verschiedener Nationalitäten aufbauen konnte, eine Technologiefirma, die das gigantische Vorhaben hatte, aus thermophilen Mikroben ein Enzym zur Glättung von Falten zu entwickeln ... Er saß bei langen Besprechungen und verstand kein Wort. Das Geld flog nur so, und Jói reiste ununterbrochen durch die Gegend und versuchte, alles mitzukriegen, was in seinem Leben geschah. Vorher hatte er nur die Reederei geleitet, war einem kleinen Bereich treu geblieben. Kam morgens um acht Uhr in die Firma und behielt alles im Auge, was dort vor sich ging, von jedem einzelnen Kabeljaufilet bis hin zur Liebschaft des Vorarbeiters aus der Anlieferung und der Frau aus der Buchhaltung. Jetzt jagte er seinen Aufgaben hinterher, war ständig in der Stadt bei abstrusen Meetings – war einem großen Bereich untreu geworden.

Das war in jenen Jahren, als alle, die etwas glauben wollten, glauben durften, was sie wollten, und alle, die lügen wollten, nach Belieben lügen durften. Es gab nur eine Prämisse: bedingungsloser Wohlstand. Die isländische Gesellschaft hatte sich auf uneingeschränkten Wohlstand geeinigt, koste er, was er wolle. Vielleicht glaubte Jói nicht, wenn er nachts mit Angst im Bauch aufwachte, dass er in Wohlstand lebte – oder er verstand nicht richtig, was Wohlstand war –, und vielleicht wusste er tief im Innern, dass er im Grunde nicht dafür geeignet war, eine Fußballmannschaft oder ein Autohaus zu leiten, geschweige denn eine Enzymfirma, obwohl er ein gutes Zeugnis von einer technischen Hochschule in Dänemark besaß und beispielsweise genau wusste, wie man ein Haus baute, trotzdem schlief er immer wieder ein, in dem unerschütterlichen Glauben, dass ihm schon nichts passieren würde. Er glaubte, jemand wache über ihn. Das erzählte er Óli, der es Sigga erzählte, die es Anna erzählte. Er glaubte, er komme immer mit allem durch. So war es von jeher gewesen, und er dachte, das hätte mit seiner Großmutter im Himmel zu tun und nicht mit seiner Mutter auf Erden, die immer alles bezahlte, oder mit seiner Frau zu Hause, die ihm immer alles durchgehen ließ.

Er glaubte, jemand wache über ihn. Gestern saß er bei Óli im Büro, und diesmal war es Óli, der redete, und Jói, der zuhörte. Der Auflösungsausschuss der Bank in Reykjavík hatte eine Entscheidung getroffen und Óli inoffiziell über das Ergebnis informiert. Die Schulden sollten mehr oder weniger abgeschrieben werden – in dem schwarzen Loch verschwinden, das alle Schulden der Isländer enthält –, und die Familie sollte die Mehrheit an der Reederei zurückbekommen und könnte die Firma wieder so führen, wie sie es immer getan hatte.

Er umarmte seinen Freund, sagte nichts, richtete nur zackig seinen Gürtel und marschierte hinaus, geradewegs zu seinem Wagen. Laut schluchzend fuhr er ans Ende des Tals, stieg dort aus, spürte den Wind auf den Wangen und setzte sich ins Moos, wo Anna und er sich mit fünfzehn in einer Sommernacht zum ersten Mal auf einer Wolldecke in den Farben der isländischen Flagge geliebt und sich anschließend eine von seiner Mutter geklaute Benson & Hedges geteilt hatten. Er dachte an diesen Moment. Er dachte an Anna und sich. Er dachte an den vielen Kummer, den er ihr bereitet hatte, das viele Schweigen, die Kälte, das Unglück. Er ging zurück zum Auto, griff ins Handschuhfach und holte die Zigarettenpackung, die dort fünf Jahre unangetastet gelegen hatte wie ein Zeugnis dessen, dass ihm doch etwas im Leben geglückt war, öffnete sie, zog eine trockene Zigarette heraus und zündete sie mit dem Zigarettenanzünder an. Er dachte darüber nach, dass er sich Annas nicht sicher sein konnte. Seiner Großmutter im Himmel dankte er für ihren Schutz und versprach ihr, Anna für den Rest seines Lebens ein würdiger Ehemann zu sein und ihren Respekt zurückzugewinnen. Ihn schwindelte von der Zigarette, die eigentümlich schlecht schmeckte, und er versprach sich selbst – und seiner Großmutter im Himmel –, sein neues Leben mit Anna damit zu beginnen, ihr zu sagen, dass er wieder geraucht hatte. Nun sollten alle Geheimnisse aus ihrem Leben verschwinden. Immer noch schluchzend erhob er sich feierlich, setzte sich in den Jeep und fuhr langsam und bedächtig Richtung Valeyri, wie ein Mann, der sein Leben im Griff hat. Auf dem Nachhauseweg rief er seine Mutter an – sie hatte die Nachricht bereits erhalten und schnaubte hintergründig. Als er nach Hause kam, war Anna schon eingeschlafen. Er saß lange mit einem Glas Whisky im Wohnzimmer und lauschte dem Klirren der Eiswürfel. Dann ging er nach oben ins Bett. Ein neuer Tag begann mit neuem Schweigen.

Sein Freund Óli war nach ihrem Gespräch sofort nach Hause gefahren, hatte Sigga ins Schlafzimmer gezogen, ihr von seiner Unterredung mit Jói erzählt und sie wie immer gebeten, niemandem etwas davon zu sagen – auf gar keinen Fall Anna. Sie versprach es ihm, und als er eingeschlafen war, zog sie ihren Jogginganzug an und lief rüber zu Anna, und während sie Hand in Hand durchs Dorf gingen, die allerbesten Freundinnen auf der Welt, sagte sie ihr, dass alles wieder so würde wie früher.

~~~

Unruhe liegt in der Luft. Oben im ersten Stock klingelt das Telefon. Jói ist aufgestanden. Er geht durch den Raum auf seinen Freund zu und steckt dabei sein Hemd ordentlich in die Hose. Er macht ein besorgtes Gesicht. Sigga tritt von einem Bein aufs andere, als wüsste sie nicht, ob sie ans Telefon gehen oder den Imbiss aus der Küche holen soll, den sie vor dem Konzert essen wollten, oder Ólis Geschichte über diese tschechische Dixieland Band anhören soll. Sie sieht ihren Mann ratlos an. Anna sitzt mit übergeschlagenen Beinen auf dem Sofa und schaut Óli direkt in die Augen. Sie denkt nicht mehr an Jói, sieht nur Óli, der ihr in die Augen schaut, der nur sie ansieht mit einem Gesichtsausdruck, als hätte er immer nur sie gesehen und nur sie allein, und mit merkwürdiger Stimme sagt: »Ich … ich glaube …«, und das Glas fallen lässt, das auf dem harten Boden in tausend Scherben zerbricht, sich mit beiden Händen an die Brust fasst, dann zusammenbricht und dabei heiser sagt: »Ich glaube, da … da stimmt … da stimmt was nicht mit mir …«
~~~

SONATE FÜR MUNDHARMONIKA IN C-DUR

Gunnar wird sich immer an ihren gemeinsamen Morgen in Reykjavík erinnern, als sie noch Teenager waren. Es war im Amtmannsstígur gegen fünf oder sechs Uhr, und sie kamen von einer Party und wanderten kreuz und quer durchs Þingholt-Viertel, als hätten sie sich verlaufen, was nicht der Fall war – diese Straße, die nächste Straße, eine andere Straße, bis sie im Amtmannsstígur waren und dort abrupt stehen blieben, als hätten sie den Ort gefunden, der nicht existiert, den Ort, an dem die Zeit nicht existiert. Gunnar wird sich immer an diesen Morgen erinnern, auch wenn er mit niemandem darüber redet. Die Morgensonne badete alle Häuser und Gärten und Autos, und er nahm seine Mundharmonika aus der Tasche und sagte: Warte, hör mal zu, und spielte dann ein Lied für sie, ein selbstkomponiertes. Ohne mit dem Spielen aufzuhören, sagte er beim Luftholen: Warte, das ist für dich. Sie stand mucksmäuschenstill und x-beinig da und schaute ihn an, groß und schlank und ernst, strich sich eine Haarsträhne hinters Ohr, obwohl es windstill war, schmiegte sich in ihren Anorak – ihren grünen Anorak – und verschränkte die Arme, als fröstele sie ein wenig, während die Straße schlief, die Leute in den Häusern, die Vögel auf den Dächern, die Katzen unter den Autos. Plötzlich sah er eine gerade aufgewachte Katze vor sich stehen und vorwurfsvoll zu ihm hochschauen, er beendete das Lied mit einem lebhaften Glissando, steckte die Mundharmonika wieder in die Tasche und zog sie an sich. Sie schlang die Arme um seinen Hals, und sie küssten sich an diesem geheimen Ort im Amtmannsstígur, dem Ort, der nicht existiert. Es war ein Morgenkuss. Es war ein Nachtkuss. Es war ihr erster Kuss und ihr letzter Kuss, ihr bester Kuss und ihr einziger Kuss.

Obwohl sie sich oft geküsst hatten.

»Wie lange waren wir noch mal zusammen?«, fragt er sie unvermittelt und spürt, wie sie erstarrt, obwohl er ihr beim Kaffeekochen den Rücken zudreht. Er bereut seine Frage sofort. Vielleicht hat sie zu barsch geklungen, zu gleichgültig, aber er weiß nicht, wie er seine Frage abmildern soll, weiß nicht mehr, wie er sich ihr annähern soll, weiß nicht, wie sie denkt. Er konzentriert sich aufs Aufgießen, bis das kochend heiße Wasser den Kaffee im Filter gänzlich bedeckt. Das hat er von seinem Vater gelernt – alles genau richtig zu machen –, und er merkt, wie sich seine Zungenspitze in den Mundwinkel schiebt wie damals, als er ein kleiner Junge war und für seinen Vater Kaffee aufgießen und ihm in die Garage bringen sollte, wenn er an Land war, und sein Vater blitzschnell von der Arbeit aufschaute, den Kaffee aus der Thermoskanne in seine Tasse goss und zu ihm sagte: »Das machst du schon richtig gut, Gunni.« Heute Morgen hat er sich im Spiegel betrachtet und sich wieder gefühlt, als sei er elf Jahre alt. Aber er ist nicht mehr elf – er ist gerade fünfzig geworden, hat seinen Geburtstag mit ein paar Freunden und Kollegen gefeiert, die ausgiebig und fröhlich darauf anstießen, was für ein netter Kerl er sei. Sie war nicht dabei.

Als er sich umdreht, beobachtet sie durchs Fenster Chor-Kata, die in einem weißen Kleid mit blauen Punkten vorbeiradelt. Sie selbst trägt einen blauen Pulli, als wäre ihr trotz der Sonne kalt, und wahrscheinlich findet sie es kalt hier nach all den Jahren im Ausland, doch der Kragen ist weit, und er betrachtet ihr Schlüsselbein. Er betrachtet ihr Haar, das nicht mehr weich und lockig über ihren Rücken fällt, sondern kurz geschnitten und dunkelbraun gefärbt ist, was ihr härtere Züge und einen müden Gesichtsausdruck verleiht. Aber sie hat immer noch eine große Nase, immer noch eine kleine Falte, die über die Mitte ihrer Stirn verläuft wie eine Verbindung zwischen den Gehirnhälften, immer noch ein schmales, weiches Kinn, das er gern streicheln würde, immer noch blaue Augen, die ihn überallhin schicken können. Sie antwortet nicht, sagt nichts, blickt nur zu der Frau auf dem Fahrrad – fast zerstreut. Vielleicht erinnert sie sich genauso daran wie er und denkt darüber nach, oder vielleicht glaubt sie, er wüsste nicht mehr, dass sie vier Jahre, drei Monate, fünf Tage und sechsunddreißig Minuten zusammen waren. Abgesehen von der Teenagerzeit.

Vielleicht findet sie, dass er nicht so plump in ihr Heiligtum eindringen sollte.

Er weiß nicht, wie sie denkt.

~~~

Vielleicht findet sie, dass sie nicht mehr dieselben sind. Als sie Teenager waren, trafen sie sich und hörten zusammen Musik, die ihre Tante aus Reykjavík ihr aus den Plat-
~~~

tenläden schickte, und das war wichtige Musik. Es war harte Musik, voll schriller Gitarrenklänge und seelenloser Synthesizer und Qualen. Sie saßen still da und konzentrierten sich darauf, diesen metallischen, beklemmenden Ton aus der Trostlosigkeit der Großstädte zu verstehen, wo alle arbeitslos waren – hier gab es genug Arbeit für alle, wie sein Vater seinem Bruder unablässig eintrichterte, denn der beklagte sich manchmal darüber, hier gäbe es *nichts*. Dennoch passten die dünnen, näselnden Stimmen, die mit dem Wind der Zivilisation ins Land getragen wurden, seltsam gut zu dem hiesigen Nieselregen, dem Groll, der Isolation und der Schufterei. Die Platten drehten sich auf dem Plattenspieler in seinem Zimmer wie ein verführerisches schwarzes Loch, und sie schauten gebannt zu, bis sie ihren letzten Kreis gedreht hatten, das Knistern aufhörte und der Arm automatisch mit einem Klacken zurückschwenkte, und dann saßen sie manchmal eine ganze Weile da und schwiegen über sich und ihr Leben. Seine Mutter war in der Küche, stumm vor Kummer und Sorgen, während sein Bruder in seinem Zimmer saß und auf seiner Spielkonsole wild mit einer abgesägten Schrotflinte herumballerte, obwohl er schon zwei Jahre älter war und eigentlich in die Stadt aufs Gymnasium gehen oder zur See fahren sollte.

Sie musste nur am Ende des Fußballplatzes auftauchen, mucksmäuschenstill und x-beinig, dann entschuldigte er sich und ging zu ihr, selbst wenn er gerade kurz davor war, ein Tor zu schießen – für sie ließ er alles stehen und liegen. Zu Weihnachten bekam sie von ihren Eltern eine E-Gitarre mit einem kleinen Verstärker, und er bekam die alte Gitarre seines Bruders, der keine Lust mehr zum Üben hatte, eine Art Kindergitarre aus Korea, die die

Stimmung nicht hielt, sodass er ständig die Saiten nachspannen musste. So saßen sie sich in seinem Zimmer im Schneidersitz gegenüber und komponierten Songs; dabei lernten sie Gitarre spielen, imitierten die Griffe des anderen und wetteiferten darum, wer als Erster die Barré-Griffe beherrschte. Zu diesem Geklimper sang sie Melodisches und Unmelodisches über den Wind und das absolute Nichts, das sie hier spürte, den Verdruss, den Nebel und den ganzen Mist – er begleitete sie und schmückte aus und fand schnell den Takt in den Songs, weil sie sich um ihre Gedankenwelt drehten. Es waren schwermütige Songs. Aber einer war anders als alle anderen. Sie sang ihm den Song am Tag vor Heiligabend vor, als sein Vater ungewöhnlich schlecht drauf war, sturzbetrunken auf dem Sofa lag und die Welt ankeifte, und weil sie gerade erst den C-Moll-Akkord gelernt hatte, war der Song sanft und wehmütig, und sie sang ihn mit hoher, schöner Stimme. Er hieß *Alles kommt in Ordnung*. Der Text ging so:

Alles kommt in Ordnung – alles in dieser Ordnung
alles kommt in Ordnung – in dieser einen Ordnung
Ich hab's dir gesagt, ich hab's dir gesagt

Alles ist alles alles in Ordnung – und alles in Ordnung
alles alles ist alles in Ordnung – in Ordnung bist du nicht
in Ordnung?
Ich hab's dir gesagt, ich hab's dir gesagt,
ich hab's dir gesagt, ich hab's dir gesagt

Sie war Dur, und er war Moll. Sie hatte X-Beine und einen geraden Rücken, er hielt nicht die Stimmung. Sie hatte braune Haare mit einem schönen Glanz, den sie durch die täglich angewandte richtige Haarkur erzielte. Er hatte blonde Locken, die in alle Himmelsrichtungen abstanden und ihn immer harmloser aussehen ließen, je länger sie wurden, obwohl er genau das Gegenteil erzielen wollte. Sie war forsch und frech, und er hatte immer das Gefühl, die Welt wolle sich an ihnen rächen. Niemand verstand sie. Sie gingen Hand in Hand durchs Dorf, in dunklen Klamotten und mit langen Haaren und manchmal gleich geschminkt, wenn sie in der Stimmung dazu war, was oft vorkam. Man munkelte, sie würden Hasch rauchen, aber sie wussten noch nicht mal, wie das aussah – es waren die Musik und die Einsamkeit, die Langeweile und das Fernweh, die sie von allen anderen unterschieden und ihr Verhalten, ihre Sprache und ihre Klamotten beeinflussten. Manchmal lagen sie sich vollständig bekleidet in den Armen, während die monotone Rockmusik über ihnen dröhnte wie eine Predigt. Manchmal strichen sie sich über die Haare, die Wangenknochen, den Nacken, die Stirn und den Rücken hinab. Manchmal küssten sie sich und schmeckten einander, während sie sich streichelten. Sie sagte, sie liebe ihn. Er schloss die Augen, kniff sie fest zusammen und strich ihr stärker über den Rücken. Überall um sie herum begannen die Jugendlichen, miteinander zu schlafen, was sie beide wussten, aber ihre Liebe war anders, sie waren anders. Niemand verstand sie. Sie wollten so bald wie möglich weg, dorthin, wo die Musik war, die Klamotten, die Mode, alle Worte und Stimmen – in die Stadt, wo die Zugvögel der Zivilisation ihre Flügel ausbreiteten.

Eines Morgens kam er aus seinem Zimmer und sah seinen Bruder an dem Querbalken im Wohnzimmer hängen, siebzehn Jahre alt, und endlich hatte er entschieden, was er mit seinem Leben anfangen wollte: es sich nehmen. Am Abend lagen sie sich unter einer hohen, grauen Klangmauer vollständig bekleidet in den Armen, während seine Mutter mit seinem Vater draußen auf hoher See telefonierte. Unter der Klangmauer flüsterten sie miteinander. Sie erzählte ihm, wie ihr Stiefvater immer versuche, sich an sie zu drücken, wenn er angeblich etwas hinter ihr holen musste, und wie er herumlungere, wenn sie sich abends auszog oder ins Bad ging, wie abstoßend und ekelhaft er sei und dass sie noch nicht mal ihrer Mutter davon erzählen könne, aber unbedingt abhauen müsse, bevor er aufdringlich würde. Er erzählte ihr von seinem Bruder, der immer traurig und gleichgültig gewesen war und nur vor der Spielkonsole gehockt hatte, und von seinem Vater, seinen Ansprüchen, seiner Aggressivität und seinen exzessiven Besäufnissen, wenn er an Land war, am Abendbrottisch soff und grölte, und von dem Unglück in diesem Haus, das schließlich mit einem zugezogenen Knoten um den Hals geendet hatte. Sie versuchten gemeinsam, zehn Gründe zu finden, die das Leben lebenswert machen. Sie übergaben einander ihre Qualen, nahmen diese Qualen und inspizierten sie gemeinsam und achteten darauf, nicht von ihnen verbrannt zu werden. Sie hoben sie ins Licht, damit sie verschwanden. Sie sahen, wie hässlich und klein sie waren, aber sie verschwanden nicht.

Sie waren sechzehn, und niemand verstand sie. Es war nur eine Frage der Zeit, wann sie von hier wegkämen, um etwas Sinnvolles zu machen, um Leute kennenzulernen, die keine Idioten waren. Sie lief in Pullis und Hemden von ihrem Vater herum, der gestorben war, als sie fünf Jahre alt war, während er Strickpullis und schwarze T-Shirts trug, auf denen japanische Comic-Figuren die Zähne bleckten. Manchmal trugen sie die Klamotten des anderen, und manchmal schminkte sie sich und ihn um die Augen schwarz, wenn sie in der Stimmung dazu war – was oft vorkam –, und so gingen sie raus und liefen Hand in Hand zum Hafen und wieder zurück. Dann hatte die Welt keine Chance gegen sie.

~~~

Wie lange waren wir noch mal zusammen?

Vielleicht klang das so, denkt Gunnar, als hätte ich nur von etwas gesprochen, das keine besonders große Rolle spielt.

Vielleicht klang das so, als sei alles in Ordnung.

Vielleicht klang dieser Satz so, als sei er nicht aus zweitausend Meter Höhe ohne Fallschirm abgestürzt und brutal auf einen Felsvorsprung geknallt, als sie mit ihm Schluss gemacht hatte.

Vielleicht klang das so, als hätte sie ihm nicht beide Arme abgetrennt, als sie ihn verlassen hatte, ihm nicht die Haare und die Kopfhaut ausgerissen, nicht sein Herz genommen und darauf herumgetrampelt und es anschließend auf den Meeresgrund geworfen und ihn selbst auf der äußersten Landspitze von Grímsey zurückgelassen mit einer offenen Wunde für die spitzen Schnäbel der Raben.

Sie sitzt ihm gegenüber und schaut aus dem Fenster. Sie haben sich dreißig Jahre lang nicht gesehen, seit sie ins Ausland ging und ihn mit der Abwesenheit im Arm und all den Worten, die sie ihm geschenkt hatte, zurückließ. Sie kam nicht mehr wieder und begnügte sich damit,
~~~

ihm Briefe zu schreiben – so liebevolle Briefe. Nun sitzt sie hier bei ihm in der Küche, und wieder ist es so, als sei die Kommode in der Ecke nur deshalb blau, weil ihre Augen blau sind. Wieder ist es so, als nähme die Küche durch ihre Anwesenheit Gestalt an, würde hell durch ihr Lächeln. Sie hat ein Bein auf den Stuhl hochgezogen, wie früher manchmal, und schaut zu Chor-Kata, die draußen vorbeiradelt.

»Wer ist das?«, fragt sie schließlich, ohne seine Frage zu beantworten. »Die da auf dem Fahrrad?«

Er ist froh, dass sie so tut, als sei nichts gewesen, und erzählt ihr fast atemlos den Dorfklatsch, den sie früher so heftig verachtet haben.

»Der Kalli von Skjól, Onkel Kalli, hat sich vor ein paar Jahren ständig in Reykjavík herumgetrieben, als Vertreter der Gewerkschaft aus Valeyri, die dort, das weißt du vielleicht noch, nur aus ihm und Sidda besteht, und landete irgendwie mit seinen Gewerkschaftskumpels in einem Striplokal …«

»Ach, weißt du, ich will das gar nicht hören.«

»Nein, warte. Er setzt sich also mit ein paar fetten Gewerkschaftstypen hin und schaut nackten Mädchen beim Tanzen zu und so, und dann setzt sich eine Striptänzerin zu ihm, und sie fangen an zu quatschen. Und du weißt ja, wie Kalli ist, ein netter Kerl, Automechaniker, kann Probleme nicht ausstehen und will sie immer lösen, wie wenn er ein Auto repariert. Er merkt also, dass sie irgendwie unglücklich ist, und zieht ihr eine unglaubliche Geschichte aus der Nase. Sie war Klarinettistin, aus Tschechien oder so, und kam eines Tages von der Probe nach Hause, da wird sie plötzlich vor der eigenen Haustür von Kriminellen entführt und an einen entlegenen Ort gebracht, wo man sie mit Drogen vollpumpt. Sie vegetiert wochenlang vor sich hin und wird immer wieder von diesen Verbrechern vergewaltigt. Dann bringt man sie nach Hause, wo sie ein paar Klamotten und ihre Klarinette holen kann, spritzt ihr wieder irgendein Zeug, und sie kommt in einem Puff in irgendeiner europäischen Stadt zu sich, ohne Pass, ohne Selbstwertgefühl und im Grunde ohne Zukunft. Und irgendwann ist sie dann in Island gelandet. Das hat sie Kalli alles erzählt, und dem ging das so nah, dass er am nächsten Tag Óli, den Bankdirektor, anrief und ihn überredete, sie freizukaufen. Anschließend ging er in den Stripschuppen, vereinbarte mit dem Besitzer, dass er ihren Vertrag übernehmen würde, brachte sie dann hierher, wo sie jetzt den Chor leitet, in der Kirche Orgel spielt und den Kindern Musikunterricht gibt. Sidda und er kümmern sich seitdem um sie und haben sie unter ihre Fittiche genommen. Schöne Geschichte, oder?«

Sie schaut der Frau, die auf ihrem Fahrrad in der Ferne entschwindet, immer noch nach. Sie lächelt dumpf.

»Doch, doch. Warum erzählst du mir das?«

»Hm, ich weiß nicht genau.«

»Glaubst du etwa, sie hat es ihm nicht besorgt?«

»Nein, hältst du das für möglich?«

»Du bist immer so gutgläubig und naiv.«

Das sagt sie lächelnd, und in ihrer Stimme liegt ein Hauch von Zuneigung, und er fühlt sich, als hätte er noch nie ein so schönes Kompliment bekommen. Er schenkt ihr Kaffee ein und schiebt ihr die Platte mit den Plunderteilchen zu, die er in der Bäckerei gekauft hat, als sie vorhin anrief und sagte, sie sei auf dem Weg. Dann schenkt er sich selbst ein, und als er wieder anfängt zu sprechen, liegt ein neuer Ton in seiner Stimme, sie klingt nicht mehr fröhlich und unpersönlich, sondern leise und vertraulich:

»Tja, und wie ist es dir in all den Jahren ergangen?«

~~~

All die Jahre. Sie gingen zusammen nach Reykjavík aufs Gymnasium und durften bei ihrer Tante in einem Wohnblock in Sólheimar zur Miete wohnen. Es gab drei Zimmer, und die Tante bekochte sie. Sie behandelte sie wie ihre eigenen Kinder und versuchte immer, sie dazu zu bringen, sich die Haare schneiden zu lassen oder neue Klamotten zu kaufen, irgendwelche Bücher zu lesen, anspruchsvolle Filme anzusehen oder etwas für sich selbst zu tun. Sie waren ein bisschen überfordert mit der vielen Aufmerksamkeit, aber auch zufrieden, waren für kurze Zeit wieder zwölf Jahre alt. Jeden Morgen fuhren sie gemeinsam mit dem Bus zur Schule. Sie saßen zusammen im Unterricht und schauten abends mit der Tante fern, die fürsorglich Fleischbällchen oder gebratenen Fisch für sie zubereitet hatte. Manchmal lieh sie Filme von Fellini oder Bergman oder Woody Allen aus, und sie schauten sie gemeinsam an. Manchmal gingen sie in sein Zimmer, errichteten dort die graue Klangmauer und lagen sich in den Armen und unterhielten sich flüsternd über sich und die Welt.

Nach und nach merkten sie, dass die Welt kein massives Ganzes war, das ihnen fest und ungeteilt gegenüberstand, sondern sich aus einer Vielzahl von Ideen und Erlebnissen, Menschen, Farben und Formen in Millionen unterschiedlichen Nuancen und Variationen zusammen-
~~~

setzte. Manchmal kam sie immer noch abends mit der Gitarre zu ihm, und sie setzten sich im Schneidersitz einander gegenüber und spielten gemeinsam, sie auf ihrer E-Gitarre und er auf seiner alten Gitarre aus Korea, die die Stimmung nicht hielt, sodass das Nachspannen der Saiten zu einem Teil der Musik wurde. Doch nun handelten die Texte von seltsamen Frauen, die sie im Bus gesehen hatten, von Blumen und Bäumen und Schneemännern. In der Schule trug sie immer einen grünen Anorak, den sie in einem Secondhandladen gekauft hatte, und er lief in einem schwarzen Strickpulli herum und ließ seine blonden Haare in immer neuen, noch chaotischeren und noch harmloseren Kringeln wachsen. Wenn sie Alkohol tranken, wurden sie beide konfus und unbeherrscht, stritten sich und versuchten, dem anderen die Qualen zu entreißen. Dann streunten sie durch die Gegend, kreuz und quer durch die Stadt, bis sie erschöpft waren und selbst an fremden Orten einschliefen, zusammen oder jeder für sich. In den darauffolgenden Nächten lagen sie sich in seinem Zimmer in den Armen, streichelten sich und summten leise vor sich hin. Die Monate vergingen, die Tage und die Jahre.

Sie traten beim Musikabend in der Schule auf, sie mit der E-Gitarre und er mit dem alten, verstimmten Teil, und sie sang den Song, dass alles in Ordnung kommt. Danach kamen viele zu ihnen und sagten, sie seien wundervoll, woraufhin sie zu einem festen Bestandteil der Musikabende wurden, und der Song wurde das Mottolied ihres Jahrgangs, und viele wollten sie kennenlernen. Sie waren aufgeschlossen und wurden beliebt, denn sie hatten beide eine angenehme Art und waren interessant. Jeden Sommer fuhren sie nach Hause und arbeiteten in der Fischfabrik, um Geld zu verdienen, obwohl ihre Eltern der Tante Miete und Unterhaltsgeld zahlten. Diese Sommer schweißten sie zusammen, weil die Welt in Valeyri nicht zusammengesetzt war und sie alle Variationen des Wetters kannten, alle Leute, den Berg, das Tal, das Meer, den See. Manchmal fuhren sie mit dem Auto ans Ende des Tals und liebten sich auf einer Wolldecke in den Farben der isländischen Flagge, ansonsten drehte sich das Leben in diesen Sommern nur um Fisch, und sie waren froh, wenn sie wieder in die Stadt zu ihrer Tante kamen, die zur Begrüßung Lammkeule kochte und *Fanny und Alexander* auslieh.

Eines Tages kam er aus der Physikstunde und sah, wie sie sich mit einigen Mädchen unterhielt, und obwohl er ihr Freund war und sie immer zusammen waren, zögerte er aus irgendeinem Grund, bevor er sich zu der Gruppe gesellte. Als er sie am Abend nach den Mädchen fragte, sagte sie, die seien lustig. Am nächsten Tag unterhielt sie sich wieder mit diesen Mädchen, und jetzt waren auch Jungs dabei. Er hörte sie laut lachen, doch als er ihr in die Augen schaute, sagte ihr Blick, dass es jetzt unpassend wäre, wenn er sich zu der Gruppe gesellte. Sie waren weiter im selben Unterricht, aber sie setzte sich nicht immer neben ihn, und mit der Zeit waren sie in der Schule nicht mehr so häufig zusammen wie vorher. Es kam vor, dass sie weiße Blusen anzog und sich mit Parfüm besprühte. Es kam vor, dass er mit ihrer Tante allein blieb und mit ihr *Inspector Morse* schaute und Tee trank und Teeplätzchen mit Marmelade bekam. Es war schon Frühling, als sie endlich gemeinsam zu einer Party gingen, um diese Freundinnen zu treffen, und sie tranken beide zu viel, wurden konfus und unbeherrscht, rangen um ihre Qualen und stürmten dann jeder für sich hinaus in die Nacht – einfach irgendwohin. Die Mädchen liefen ihr nach und holten sie ein und umringten sie, während er in der Reykjavíker Nacht umherstreifte und wieder allein auf der Welt war. Gegen Morgen erreichte er den Wohnblock in Ljósheimar, und als er reinging, stellte er fest, dass sie nicht da war. Vielleicht war sie bei ihren Freundinnen. Vielleicht auch nicht. Am nächsten Tag redeten sie miteinander und versprachen, sich nie mehr zu streiten. Sie hielten ihr Wort.

Im Frühling machten sie Abitur. Er ließ sich die Haare schneiden und von der Tante neue Klamotten kaufen, und dann kamen ihre Eltern in die Stadt, um an den Feierlichkeiten teilzunehmen. Sein Vater betrank sich und verschwand für ein paar Tage, sodass sich während der gesamten Feierlichkeiten alle nur um ihn sorgten. Dennoch schien an ihrem Abschlusstag die Sonne. Sie trugen Studentenmützen und ließen ein Foto von sich machen, auf dem sie sich im Arm hielten. Dieses Foto steht eingerahmt bei ihm im Wohnzimmer – hier in seinem Sommerhaus.

Nach den Feierlichkeiten fuhr er nach Hause, um in der Fischfabrik zu arbeiten, während sie in der Stadt blieb und einen Job in einem Laden antrat, den ihre Tante ihr vermittelt hatte. Sie telefonierten jeden Abend miteinander und schenkten sich Worte, die zu Proviant in der Einsamkeit wurden. Sie sagte, sie liebe ihn. Sie sagte, sie könne ohne ihn nicht leben. Sie sagte, sie weine sich jeden Abend in den Schlaf. Er sagte: Ja, ich weiß, ja, ich auch. Oft betrachtete er den Berg oberhalb des Dorfs, Svarri, dessen Form, und sinnierte darüber, wie diese Form ein Gefühl in ihm widerspiegelte, vielleicht das Gefühl, zurückzubleiben. Er wollte diese Form – diese Empfindung – in Musik umsetzen, er spürte, dass diese Form in ihm lebte. Als er ihr davon erzählte, sagte sie: Ja, genau. Ich weiß. An Mittsommer kam er schließlich nach Reykjavík, und sie gingen zu einer Party bei ihren Freundinnen in der Weststadt. Sie tranken zu viel, saßen sich aber den ganzen Abend im Schneidersitz auf dem Fußboden gegenüber, ihre Qualen zwischen sich, sie mit ihrer E-Gitarre und dem kleinen Verstärker und er mit der alten Gitarre aus Korea, die die Stimmung nicht hielt, sodass er ständig die Saiten nachspannen musste, um den richtigen Ton zu treffen, und sie sang: *»Alles kommt in Ordnung – alles in Ordnung, alles in Ordnung – alles kommt immer in Ordnung – in Ordnung, in Ordnung – ich hab's dir gesagt, ich hab's dir gesagt.«* Alle ihre Freunde schauten zu – er selbst hatte niemanden auf der Welt außer ihr. Gegen Morgen wanderten sie durchs Þingholt-Viertel, als hätten sie sich verlaufen, was nicht der Fall war, und als sie in den Amtmannsstígur kamen, war es, als hätten sie den Ort gefunden, der nicht existiert – den Ort, an dem die Zeit nicht existiert. Er wird sich immer an diesen Morgen erinnern.

Eine Woche später ging sie ins Ausland, um zu studieren, und ließ ihn zurück mit all den Worten, die sie zu ihm gesagt hatte. Er weiß sie noch alle.

»Mir ist es gut ergangen«, sagt sie. »Ich bin hier, um meine Mutter zu beerdigen, wusstest du, dass sie gestorben ist?«

»Ja, mein herzliches Beileid.«

»Und du?«

»Ich komme nur manchmal im Sommer hierher in das alte Haus, um nach der Hütte zu schauen. Das ist das Einzige, was ich besitze, bis auf ein paar Sachen in Reykjavík. Und du?«

Sie lächelt, legt das halbgegessene Plunderteilchen weg.

»Ich bin verheiratet. Habe einen Mann. Und du?«

»Nein, ich bin allein. Ich unterrichte Musik. Und du?«

»Ich auch. Willst du mehr über mich wissen?«

»Nein. Doch. Ich weiß nicht.«

»Wollen wir einen Spaziergang machen?«, fragt sie.

»Ja, gern«, sagt er nervös. Sie stehen auf, ziehen ihre Jacken an, und er hält ihr die Tür auf, während er die andere Hand in seine Jackentasche schiebt. Da liegt die Mundharmonika.

NUN HERRSCHT STILLE

Nun kann der Abend kommen, denkt Sidda. Zu Hause kühlt die Fischsuppe für die Party langsam in einem riesengroßen Topf ab, alles ist gesaugt, die Böden gewischt, die Betten gemacht und die Schränke eingeräumt. Und nachher ist das Konzert, bei dem Kalli das Solo in *Nacht* singen wird, diesem getragenen, schönen Lied, das ihr wie ein Vogel vorkommt, der spätabends knapp über der Meeresoberfläche schwebt. Niemand singt das Lied so wie er – niemand singt es so sanft wie er.

Als sie sich vor vielen Jahren zum ersten Mal begegnet sind, hat er auch gesungen. Das war bei einem Schwof im Súlnasalur im Hotel Borg, wo die Binni Frank Band zum Tanz aufspielte und ein paar fröhliche Kerle aus der Arbeiterbewegung nach einem Gewerkschaftstreffen an einem runden Tisch saßen und laut redeten und lachten und Moscow Mule tranken, nur Kalli war die ganze Zeit auf der Tanzfläche, im Hemd, das Jackett über eine Stuhllehne gehängt, und wirbelte die Frauen schwungvoll und fröhlich hin und her, und es war unmöglich zu sagen, ob er mit einer von ihnen verheiratet war – doch dann fiel sein Blick auf sie, das Mauerblümchen, das an der Bar stand und die Tanzenden beobachtete, ihn anschaute, nach Hause wollte, aber immer noch da war, nicht wusste, was sie da eigentlich machte, mit ihrer Schwester und deren Mann gekommen war, die längst gegangen waren: Er war mitten in einer Drehung, gerötet und verschwitzt in seinem weißen Hemd, nachdem er die Frauen im Kreis herumgewirbelt hatte, der breite Rücken nass von Schweiß und der stämmige Brustkorb geweitet vor Lebenslust, und er kannte alle Tänze, neue und alte – die pure Energie und Lebensfreude. Dann kam er in all dem Lärm und dem rauchgeschwängerten Schummerlicht zu ihr, nahm zwei schlanke Gläser von der Bar, an der sie stand, goss Wasser hinein, gab ihr das eine, stieß mit ihr an und sagte: »Hier Schätzchen, prost, prost auf das Leben …« Und dann kippte er das Wasser hinunter.

Heute Abend werden sie alle wie verrückt tanzen. Óli von der Bank spielt auf der Harmonika zum Tanz, nicht zu schnell, sonst kommt er durcheinander – Kalli sagt, Óli sei der einzige Mensch, den er kenne, der *Die Milchkühe von Bjarnastaðir* nach Noten spiele –, Bangsi hat seine Gitarre dabei, und Chor-Kata spielt den Bass, der mit Kabeln und Verstärker und so weiter bei Kalli in der Werkstatt vergraben liegt, und Kapitän Guðjón kommt mit seiner Marschtrommel, und dann ist die Tanzkapelle von Óli Glanz komplett. Sie spielen alles, was gewünscht wird, und noch mehr, und alle singen und tanzen, Kalli am lautesten und meisten, und das ganze Haus erschallt von Gesang und Fröhlichkeit. Vielleicht beschweren sich die Nachbarn gegen drei Uhr, aber dann werden sie einfach dazugeladen. Und alle anderen, die dabei sein wollen.

Sidda lächelt still in sich hinein, was gut ist, denn Andrés erzählt gerade eine Geschichte, und dann muss man ihn anlächeln, sonst ist er gekränkt. Sie hat dagesessen und Fríðas Löwenzahnwein getrunken und der Geschichte über diesen Apotheker Halvorsen und seine komische Sprechweise gelauscht, die die Männer in Valeyri nicht müde werden zu erzählen. Sie fühlt sich allein. Wenn Kalli nicht bei ihr ist, spürt sie manchmal, dass sie nicht von hier stammt. Trotz der vielen Jahre. Da sitzt noch eine Frau bei ihnen, sie ist bei Andrés und Fríða zu Besuch und spricht unentwegt von einem toten Kind, von dem sie letzte Nacht geträumt oder das sie im Haus gesehen hat. Sie ist blond und stämmig, und etwas stimmt mit ihr nicht, das sieht man an ihren Augen. Es ist unheimlich. Wahrscheinlich trinkt sie. Sie strahlt Unruhe aus.

Und da kommt Kata vorbeigeradelt. Sie hebt die Hand und winkt ihnen zu. Sidda winkt zurück und ruft: »Hallo, Kata! Bis heute Abend!«

Nun kann der Abend kommen, mit Fischsuppe und Fröhlichkeit. Das Haus füllt sich mit Chor und Heiterkeit. Es wird bis zum Morgen gesungen, getanzt und gestampft und gefeiert. Sie schmeckt das Aroma der Suppe: Fenchel, Weißwein, Knoblauch, Tomaten, Safran, Heilbutt, Schellfisch, Forelle, alle möglichen Aromen. Nachher geben sie die Muscheln dazu und legen das Brot in den Ofen, das sie geknetet hat, bevor sie herkam. Irgendwann kurz vor dem Konzert wird sie Kalli dabei erwischen, wie er die Butter aus dem Kühlschrank holt und ohne alles direkt vom Löffel isst – für die Extrakraft. Als ob er die bräuchte, pure Energie und Lebensfreude.

Sie freut sich auf den Abend. Und das Schönste beim Konzert wird sein, wenn der Chor mit einer Stimme summt, Kata auf dem Klavier die langsamen und mitreißenden Bassnoten aus der Ouvertüre spielt und Kalli dann vortritt und anfängt zu singen: *Nun herrscht Stille im tiefen Tal …*

Das Erste, was sie bei dem Schwof im Súlnasalur bemerkte, war, wie er seine Arme beim Tanzen anhob, die nassen Flecken unter seinen Achseln, sein geweiteter Brustkorb, sein Rücken so breit, seine Umarmung so groß. Und als sein Blick auf sie, das Mauerblümchen, fiel, hörte er auf zu tanzen, hörte auf zu starren und sah sie einfach an, bis sich ein Lächeln über sein Gesicht zog. Dann war er auf einmal da und stieß mit Wasser mit ihr an und überschüttete sie mit Fragen über sie und ihre Eltern und ihre Arbeit und ihre Kollegen – ob sie schon vergeben sei. Dabei trug er einen Ring. Das bemerkte sie sofort. Er lud sie ein, sich zu den Gewerkschaftsleuten an den Tisch zu setzen, und sie ließ sich überreden. Er bot ihr eine Zigarette an und lud sie dann zu einem Moscow Mule ein. Sie nahm alles an.

Und auf einmal fing er an, für sie zu singen: »Wo warst du, Liebste, all diese Zeit? / Du weißt, ich liebe dich, traumschöne Maid …«

Sidda war noch nie zuvor »traumschöne Maid« genannt worden.

~~~

Heute Abend wird die Fischsuppe gut sein, wenn die Muscheln drin sind, und sie freut sich darauf, den Leuten Suppe auszuschenken und das Glänzen in ihren Augen zu sehen, wenn der Abend voranschreitet. Es wird genug Weißwein und Rotwein und Löwenzahnwein geben. Sveinsína kommt und hilft ihr, wie sie es immer macht, Guðjón und Bangsi, Vater und Sohn, bringen die Gitarre
~~~

und die Marschtrommel mit, Chor-Kata bekommt von Kalli den Bass, und Óli von der Bank spielt die Harmonika, und dann werden sie das Programm natürlich mit *Katas Lied* beginnen – damit beginnen sie immer, und die Leute singen lauthals mit. Manche stehen nur in der Ecke und quatschen über Kinder und Enkelkinder und vielleicht über verflossene Lieben, womöglich stiehlt sich ein Pärchen in die Waschküche und lässt dort heimlich eine junge Liebe erblühen – all die Geheimnisse in einem Dorf –, andere stehen in der Küche und lauschen Andrés, der Geschichten über Apotheker Halvorsen und Bezirksrat Laurentius und ihre komische Sprechweise zum Besten gibt, aber die meisten sind auf dem Parkett im Wohnzimmer, um mit der Tanzkapelle von Óli Glanz zu tanzen und zu singen: *Sie trug 'nen eiiiinfaaachen Eheeeeriiiiing!* Es wird gelacht, gekreischt und geheult, getrunken und getanzt werden. Es wird mit aller Kraft gelebt werden. So sind sie immer, die Chorpartys, besonders bei ihnen in Skjól, und dabei spürt sie immer ganz stark, dass sie hier trotz allem Freunde und eine Gemeinschaft hat, obwohl sie sich manchmal so allein fühlt, wenn Kalli nicht bei ihr ist. Sie sind immer nur zu zweit geblieben.

~~~

Der Löwenzahnwein funkelt in der Sonne, die auf die Stille der Welt scheint, ein milder Windhauch weht durchs Gras, und eine Bachstelze flattert davon, irgendwohin, wo Bachstelzen hinfliegen, wenn sie abends müde sind, wo auch immer das sein mag. Sie freut sich auf den Abend, auf Fischsuppe, Singen und Tanzen, Zusammensein, Freundschaft und Fröhlichkeit. Am meisten freut
~~~

sie sich darauf, wenn der Chor mit einer Stimme summt, so leise, wie Chor-Kata es schafft, ihn summen zu lassen, während diese düstere und doch sanfte Ouvertüre erklingt, die ihr immer vorkommt, als tanze ein trauriger Seehund, und Kalli vortritt, um das Solo zu singen. Dann wird alles still, und die Lichter gehen aus, und der Gesang strömt hervor, schwebt wie ein Vogel, der nachts knapp über der Meeresoberfläche dahingleitet. Kalli trägt das weiße Hemd und hebt voller Inbrunst die Arme, wie immer, hebt die Augenbrauen, umarmt den Saal und die ganze Gemeinde, und sein Gesicht wird ehrfurchtsvoll, wie immer, und dann strömt die sanfte Stimme hervor: *Nun herrscht Stille im tiefen Tal …*

ZERSTREUTHEIT

Wenn Papageitaucher-Lalli durchs Dorf geht, stolziert er umher und inspiziert alles wie ein neugieriger Besucher – oder wie ein Papageitaucher. Den Dorfbewohnern sind seine Miene und sein Erscheinungsbild vertraut, und sie grinsen in sich hinein. Er wird nicht nur Papageitaucher-Lalli genannt, Kalli nennt ihn auch manchmal »Seine Zerstreutheit«. Und da kommt er auf seine unverkennbare Art durch die Strandgata stolziert und hört den Lärm der Gartenparty am Ende der Straße, bei Andrés vom Museum und Fríða. Genau dahin ist er gerade unterwegs. Er will Fríða bitten, heute Abend im Lundinn zu arbeiten, obwohl er ihr eigentlich freigegeben hat. Aber sein Kopf ist voller Gedanken, und er ist durch alle möglichen Straßen gelaufen, stehen geblieben, hat sich umgeschaut, kehrtgemacht, ist schon ziemlich lange unterwegs – es gibt, wie gesagt, ein Personalproblem. Fríða muss das Mädchen vertreten, das Fríða vertreten sollte. Es hat sich in Luft aufgelöst, ist verschwunden, weggefahren, oder hat er vielleicht vergessen, ihr Bescheid zu geben? Er weiß es nicht. Auf alle Fälle muss jemand die Bestellungen aufnehmen und den Koch aus der Stadt bei Laune und vom Wermuth fernhalten, das kann er ja schließlich nicht selbst tun. Auf dem Weg in die Küche hätte er schon längst wieder alles vergessen.

Er wird langsam vergesslich.

Seit Jahren ist er im Dorf berühmt für seine Zerstreutheit, und es werden viele amüsante Geschichten darüber erzählt, wie er dieses oder jenes vergaß, manchmal auch sich selbst, aber in letzter Zeit hat sich das verändert und ist mehr als bloße Vergesslichkeit. Er ist tatsächlich so gedankenverloren, scheint so außer sich zu sein, dass er den Weg zurück zu sich nicht mehr findet.

Dass sie ihn Papageitaucher nennen, ist nicht böse gemeint, zumal die meisten in Valeyri ihn mögen. Es ist kein Spitzname, der den Träger an seinen schlimmsten Moment im Leben erinnern soll, wie es in kleinen Orten üblich ist – damit der Betreffende es niemals wagt, etwas anderes darstellen zu wollen als in seinem schlimmsten Moment. Lalli ist eben ein bisschen wie ein Papageitaucher. Er hat immer noch rote Haare, obwohl er weit über achtzig ist, und sie ragen von dem Öl, das er hineinschmiert, immer noch wie unzählige Schwerter in die Luft. Er ist klein – bezeichnet sich selbst als »fast mittelgroß« –, stolziert mit geschwellter Brust umher und schaut sich mit offenem Mund vorwitzig um. Eigentlich fehlt nur noch eine gestreifte Nase.

Er ist ein eingefleischter Dörfler, aber mit weltmännischem Auftreten, ein eingefleischter Konservativer, der immer zum Parteitag geht, aber auch ein vehementer Gegner des Fangquotensystems. Er ist es gewohnt, dass man ihm zugetan ist, und behandelt die Leute äußerst zuvorkommend. Alle, die ihm begegnen, grüßt er mit einem herzlichen Lächeln, sagt manchmal »meine Lieben« zu den Leuten wie ein volksnaher König zu seinen

Untertanen, und zwar ganz besonders zu denen, an die er sich nicht mehr richtig erinnert.

Er ist ein bisschen vergesslich geworden.

Und er weiß nicht mehr, warum er sich auf dem Weg zu Fríða befindet. Er ist kreuz und quer durchs ganze Dorf stolziert und läuft im Kreis, bleibt stehen und betrachtet nachdenklich das Gemeindehaus. Er vertraut darauf, dass ihm alles wieder einfällt, sobald er Fríða sieht. Sie wirkt so beruhigend auf ihn. Er vertraut darauf, dass ihm eines schönen Tages alles wieder einfällt.

Dabei erinnert er sich noch gut an das Interview, das er aus Anlass des abendlichen Konzerts des Valeyri-Chors am Morgen im Radio gegeben hat, und lässt es in Gedanken immer wieder Revue passieren. Er war wirklich gut. Die vergnügte Radioreporterin fragte ihn, woher der Name Valeyri stamme. Er sagte dasselbe, was er immer sagt, wenn er danach gefragt wird: dass *Val-* eine Vorsilbe sei, die zusammen mit *eyri*, »Landzunge«, einfach »großartige Landzunge« bedeute, schließlich sei Valeyri ja auch ein großartiger Ort mit großartigen Leuten. Da lachte die Radioreporterin herzlich.

Er sieht Chor-Kata zum Gemeindehaus radeln, wo sie anhält und vom Rad steigt und mit ihrem Rucksack auf den Schultern durch die Tür schlüpft. Jetzt erinnert er sich wieder an alles: Er ist auf dem Weg zu Fríða, um sie zu bitten, heute Abend im Lundinn die Vertretung zu übernehmen. Genau! Es musste ihm ja wieder einfallen. Das war es. Nachher ist ein Konzert im Gemeindehaus. Diese Kata, die gerade mit dem Fahrrad gekommen ist, leitet den Chor – Kata, ein hübsches Mädchen. Und ein schöner Name. Katrín bedeutet »die Reine«. Seine Mutter hieß auch Katrín. So fällt einem alles wieder ein, wenn man nur die Ruhe bewahrt. Und jetzt erinnert er sich auch, dass Andrés vom Museum ihn, als er das letzte Mal Besuchern den Namen Valeyri erklärte, rügte und sagte, das sei purer Unsinn, ursprünglich habe es *Hvaleyri*, »Wal-Landzunge«, geheißen, aber das H sei irgendwann weggefallen. Dem hatte jedoch der Kapitän – dieser Vogelverrückte, der mit dieser Frau, mit Kallis Schwester, verheiratet ist –, also, der hatte dem widersprochen und gesagt, der Name stamme daher, dass es hier früher Falken, *Valir,* gegeben habe, und deshalb sei die Landzunge nach ihnen benannt. Valeyri.

Eigentlich findet Lalli, dass er darüber bestimmen sollte. Er findet seine Erklärung am allerwahrscheinlichsten, sie eignet sich am besten für die Präsentation des Orts, eine gute Touristenwerbung. *The great sandbank,* schrieb er mal in einen Werbeflyer mit einem hübschen Bild von einem Papageitaucher, das er selbst fotografiert hatte.

Er meint immer noch, der Ort stehe mehr oder weniger unter seiner Aufsicht, und er trage die Verantwortung für ihn, obwohl er nur noch den Laden und das Restaurant führt.

~~~

Er glaubt, der Ort sei von seinem Großvater Lárus Halldórsson gegründet worden, der aus Ost-Island hierherkam. In der Siedlungsgeschichte, die Andrés schreibt, wird hingegen betont, die Siedlung habe sich im auslaufenden 19. Jahrhundert allmählich rund um Fischfang, Handel und Fleischerei entwickelt, und Lárus Halldórsson sei nur einer von vielen gewesen, die sich hier niederließen – wo-
~~~

bei es ihm zweifelsohne gut erging und er durch seinen Laden und Dienstleistungen für die Bauern Fuß fassen konnte. Und sein Sohn Lárus – Lalli Lár –, der bis in die siebziger Jahren des 20. Jahrhunderts überall mitmischte, gilt sicherlich im Bewusstsein der meisten Leute als der eigentliche Vater des Dorfs. Er war »der Chef«.

Papageitaucher-Lalli hat es nie ganz geschafft, »der Chef« zu sein. Aber er ist zufrieden mit seinem Interview mit der vergnügten Radioreporterin, zumal er hervorgehoben hat, dass es hier genug zu tun gebe, genug Arbeit für alle Einwohner. Eine fast tausendköpfige Gemeinde sei doch verdammt gut – und alle in Arbeit, äußerst fleißige Leute, ob aus Polen oder Reykjavík oder von hier. Er ist zufrieden mit der Entwicklung von Valeyri und glaubt, sie sei auf gewisse Weise ihm zu verdanken.

Er wandert wieder los, läuft durch den Ort, der nie wirklich vom Hafen ausgehend geplant wurde, sondern einfach wuchs, sich ausbreitete wie die Samen der Pusteblume, die dorthin fallen, wo sich das Wachsen lohnt. Trotz des Durcheinanders gleicht die Bebauung ein wenig den Ringen auf dem Wasser, wenn ein Stein hineingefallen ist. Die neuesten Häuser stehen am weitesten vom Hafen entfernt und lehnen am Berg Svarri. Im Handumdrehen ist Lalli im äußersten Halbkreis angelangt, wo die Flachdachhäuser stehen, die in seinen Augen gar nicht wie Häuser aussehen. Es sind Kästen, die im täglichen Sprachgebrauch auch nie Häuser genannt werden, sondern Blocks, Autowerkstätten, Schuppen und Lagerhäuser – die großen Kästen, die Lalli zu sich sagen hört: Schau woandershin, wenn du etwas Schönes sehen willst; wir sind keine Häuser, sondern Hüllen um Betriebe und zeugen somit von Wirtschaftlichkeit und Fleiß, denn das

Hässliche ist immer billig und das Billige ist immer hässlich, und je teurer etwas ist, umso schöner ist es, und je schöner es ist, umso teurer. Und dann steht er auf einmal mitten im Tankstellen-Shop. Die Jugendlichen schauen auf und sehen ihn an, misstrauisch, doch zugleich offen und begierig, etwas Neues zu erleben an diesem Ort, an dem ihrer Meinung nach absolut *nichts* los ist. Lalli geht gemessen an den Tischen der Jugendlichen vorbei, und ein alter Mann, der mit frittiertem Hähnchen und einem Leichtbier an einem Tisch sitzt, grüßt ihn freundlich. Lalli entgegnet herzlich: »Ach, hallo, mein Lieber!«, und eilt in die Toilette, wo er sich eine Weile auf den Klodeckel setzt, ohne die Hose herunterzuziehen, und kräftig durchatmet, bevor er wieder rausgeht und die Tankstelle verlässt, als hätte er wichtige Dinge erledigt.

Er geht Richtung Hafen. In den beiden nächsten Halbkreisen stehen die Villen. Dort wohnen jene Leute, die ihrer gesellschaftlichen Stellung nach eigentlich im innersten Kreis wohnen müssten, so wie er, sich aber seinerzeit nicht mit den morschen alten Hütten, wie sie die norwegischen Kataloghäuser nannten, zufriedengaben. Dort wohnen die Kapitäne und Handwerker, Vorarbeiter in der Fischfabrik, Büroleiter, Geschäftsführer, Seeleute. Sie sind die Macher, und ihre Häuser sind stattlich und riesengroß, entsprechend dem Naturgesetz über die untrennbare Einheit von Schönheit, Größe und Preis. Es sind zweistöckige Betonhäuser mit allen möglichen Alkoven und römischen Säulen. Düster stehen sie auf Grundstücken mit riesigen Grünflächen, auf denen Gartenzwerge versuchen, so auszusehen, als wären sie dort zu Hause, und Wasser lasch in von Fachleuten aus der Stadt entworfenen Springbrunnen plätschert.

Papageitaucher-Lalli würde es vielleicht zu niemandem außer zu Fríða im Lundinn laut sagen – und zu ihr hat er es sogar schon mehrfach gesagt –, dass er stolz darauf ist, nicht selbst hangaufwärts gezogen, sondern im Ortskern geblieben zu sein. Die größte Villa gehört Lára Lár, Lallis Schwester. Nach dem Tod ihrer Eltern Lalli Lár und Katrín teilten die Geschwister den Betrieb unter sich auf: Sie übernahm die Leitung der Reederei und der Fischfabrik, er den Laden und das Schlachthaus. Bei ihr gedieh alles prächtig – in seinen Händen verkümmerte alles. Schon bald begann Lára die Methoden ihres Bruders zu kritisieren und Zweifel an seinen diversen wirtschaftlichen Abenteuern zu äußern, und er ertrug es, denn Lára war schließlich seine Schwester, fünf Jahre älter als er, und er hatte es immer als seine wichtigste Aufgabe im Leben angesehen, ihr zu gehorchen. Doch nun haben sie seit mindestens zwanzig Jahren nicht mehr miteinander gesprochen. Und sie haben das Talent, sich bei ihren Spaziergängen durch den Ort nie zu begegnen. Es ist, als hätten sie ein eingebautes Radar, das den jeweils anderen ortet.

Dieses Radar geht gerade kaputt, wie alles andere bei Lalli. Lára kommt um die nächste Ecke, und sie sind kurz davor, aufeinanderzutreffen.

~~~

Die alten norwegischen Kataloghäuser werden gern auf Postkarten abgebildet, und aus der Stadt kommen Leute, nur um sie zu bewundern und sich für einen kurzen Moment das Leben in einem solchen Dorf vorzustellen – sich selbst in einem solchen Dorf –, ob es nicht schön
~~~

wäre, an einem Ort zu wohnen, wo es zu den wichtigsten Ereignissen zählt, wenn sich die Pfarrerstochter in den Arztsohn verliebt und der Sohn des Kaufmanns in den Sohn des Friseurs. Dann sitzen die Touristen bei Lalli im Lundinn und essen Kabeljau mit Knoblauch und Fenchel und Weißwein und glauben, er sei der wahre Chef des Dorfs.

Vielleicht ist er das. Doch das eigentliche Leben findet außerhalb statt, das Arbeitsleben – das Schlachthaus, das von den Bauern im Tal noch immer genutzt wird, obwohl Papageitaucher-Lalli gezwungen war, es zur Tilgung seiner Schulden zu verkaufen, und der Betrieb mit anderen Schlachthäusern zusammengelegt wurde, die Fischfabrik, die noch voll genutzt wird, weil der Trawler *Lárus Halldórsson VA* dort regelmäßig anlandet, die Lagerhäuser und Gebäude der Reederei. Doch am Hafen zwischen den norwegischen Kataloghäusern liegen noch einige übriggebliebene Häuser, die von den Leuten selbst erbaut wurden, wie man unschwer erkennen kann. Sie tragen Namen wie *Klumba, Hallandi, Brimnes, Vetrarbraut, Paris* und *Skjól* … und die Familien, die darin groß geworden sind, Generation für Generation darin lebten und arbeiteten, wurden nach den Namen dieser Häuser benannt, wie inoffizielle Familiennamen, die sich im Lauf der Zeit mit Spitznamen vermischt haben. Papageitaucher-Lalli stolziert zwischen diesen Häusern umher und betrachtet sie und erinnert sich manchmal an etwas und manchmal an nichts … Einige der Häuser sind krumm und schief, aber schön gedacht, andere lächerlich klein, aber schön in ihrer Schlichtheit, wieder andere sind schön aufgrund ihrer Geschichte und ihres Schicksals. Einige sind hässlich, weil ihre Vernachlässigung von Faulheit und Gleichgültigkeit zeugt, und andere sind hässlich wegen der Dinge, die darin passiert sind. Einige wurden von jungen Leuten renoviert, andere ließ man verfallen oder abreißen, um Häuser durch Kästen zu ersetzen. Alle Häuser haben eine Seele.

Papageitaucher-Lalli wohnt im Herzen des Orts im alten Handelshaus, in dem er seinen Laden immer noch mit bemerkenswerter Nachlässigkeit führt. Die Leute erledigen ihren richtigen Einkauf im Supermarkt und schauen aus Mitleid bei Lalli vorbei, um Suppenwürfel oder staubtrockene Zigaretten zu kaufen, die er immer noch einzeln verkauft, obwohl das verboten ist. Trotz des illegalen Nikotinhandels zerfällt der Laden in Lallis Händen allmählich, wie alles andere, was er von der alten Lárus-Dynastie übernommen oder selbst auf die Beine gestellt hat. Im Grunde besteht das Angebot nur noch aus ihm selbst. Erst verschwand die Milch aus den Regalen, dann das vakuumverpackte Fleisch, das er nach und nach nicht mehr bestellte – die Eier, das Brot, sämtliche Frischwaren. Er verkauft nur noch Tütensuppen, Ora-Dosenerbsen, Backpulver, Kardamomtropfen, Royal-Pudding, Prinz-Polo-Schokoriegel in alter Verpackung, Matchbox-Autos und altersschwache Puppen. Kalli sagt, Lallis Laden zu betreten sei, wie zu einer spiritistischen Sitzung zu gehen.

Lalli wohnt immer noch im ersten Stock, allein. Seine Frau Jakobína ist vor vielen Jahren gestorben.

Neben Lallis Laden steht das alte Gemeindehaus, wie man durch eine ehrwürdige Aufschrift in alten Buchstaben erfährt: GEMEINDEHAUS VALEYRI. Dort wurden Filme und Theaterstücke gezeigt, Regisseure aus Reykjavík wurden engagiert, Versammlungen und Konzerte abgehalten – und die Tanzfeste. Nun befindet sich in einem Teil des Gebäudes das Lokal Lundinn, das Fríða am Laufen hält, obwohl Lalli offiziell der Eigentümer ist. Heute Abend wird der Chor im Gemeindehaus ein Konzert geben.

Das Dorf hat seine Geschichte, seine Originale, seine Volksmärchen. Die Originale sind längst tot und nur noch Menschen übrig, und die Volksmärchen sind verschwunden und nur noch Tatsachen übrig. Dennoch sind die Bewohner stolz auf ihr Dorf – nicht zuletzt die Fortgezogenen, die sich im Sommer in den merkwürdigen Häusern ihrer Vorfahren tummeln und in diesem merkwürdigen Dasein, das man irgendwie im Blut hat. Die Männer rasieren sich dann nicht mehr, ziehen hässliche Pullover an und schlurfen runter zum Hafen, die Hände tief in den Hosentaschen vergraben, während die Frauen anfangen, sich Zöpfe zu flechten und Wollpullover zu stricken, ständig backen und zwischendurch alte Ausgaben vom *Familie Journal* und *Falken* lesen, die sie im Schrank gefunden haben.

Pastor Sæmundur sagt manchmal bei seinen Predigten, der Ort liege außerhalb der Welt mit all ihren Gefahren. Der Dichter Smyrill sagt hingegen bei seiner alljährlichen Rede zum Seemannstag, das Dorf sei die Welt selbst in einer Nussschale. Beides ist wahr. Die Welt besteht aus Millionen Schattierungen des menschlichen Lebens und der Natur, die man in Valeyri nicht findet. Doch die Satellitenschüsseln auf den Dächern, die Jeeps in den Straßen, die Graffiti an den Hauswänden, das Fernweh der Jugendlichen, die polnischen Saisonarbeiter und asiatischen Fabrikarbeiterinnen, die das Arbeitsleben am Laufen halten, bezeugen, dass das Dorf keinesfalls außerhalb der Welt liegt oder diese nicht mehr braucht. Die Welt kauft den Fisch, der auf hiesigen Schiffen gefangen wird. Und auch wenn der Gegenwert des Fangs nicht komplett in Valeyri ankommt – vielleicht nur ein geringer Teil davon, wer weiß das schon –, haben Lára Lár und später ihr Sohn Jói stets darauf geachtet, dass die Mannschaft auch aus Einheimischen bestand, und hielten einen gewissen Betrieb in der Fischfabrik das ganze Jahr über aufrecht – natürlich mit großem Verlust und aus purer Selbstlosigkeit.

Papageitaucher-Lalli hingegen ist ein Stellvertreter des Dorfs gegenüber der Welt. Die Touristen, die unablässig herbeiströmen, glauben, er sei »der Chef«. Er glaubt es sogar selbst.

Lange Zeit schien tatsächlich alles hier von ihm abzuhängen – beziehungsweise mischte er bei vielen unterschiedlichen Dingen mit, denn das meiste von dem, was er auf die Beine stellte, entpuppte sich als Fehlplanung. Er gründete einen Autohandel, ein Modegeschäft, eine Buchhandlung, einen Video-Shop und eine Konditorei – alles verschwand wieder. Er holte einen dänischen Tanzlehrer, einen ungarischen Musiklehrer, einen Fliegenbindemeister aus Hafnarfjörður und einen Bäcker aus Hornafjörður ins Dorf – alle verschwanden wieder.

~~~

Morgens wacht er mit der Erinnerung an Emilía auf; er spürt ihre Hände, Worte, die sie mit ihrer tiefen Stimme sagte, ihr Haar, ihr Lächeln, ihren Duft, ihre Haut, ihre Berührung, ihre Jugend und seine Jugend. Er war die ganze Nacht mit ihr zusammen und sieht sie noch im Halb-
~~~

schlaf. Ihre Hände, wenn sie beim Heringsalzen innehielt und ihre Handschuhe abstreifte und beide Hände müde zum Kopftuch hob, um es zurechtzuzupfen. Ihre Augen, wenn sie plötzlich aufschaute und ihn direkt ansah – sie waren eisblau.

In jenem Sommer vor urlanger Zeit war alles so blau, wenn die Sonne schien. Wenn es regnete, waren die Tropfen groß und barsten vor Energie. Wenn der Wind blies, war er voller Verheißungen. Jeden Morgen wachte er vergnügt auf und konnte es kaum erwarten, runter zum Kai zu gehen und das Heringsalzen zu überwachen, denn sein Vater Lalli Lár war wegen einer Operation in der Stadt, und seine Mutter und seine Schwester Lára hatten ihn begleitet. Jakobína war bei ihrer Schwester in Vopnafjörður. Nun lag alles in seiner Hand.

Mal stand Emilía mitten auf dem Platz und salzte, mal in der einen Ecke, mal in der anderen, er fand sie immer und ließ sie für den Rest des Tages nicht aus dem Blick, obwohl er sie nicht direkt anschaute. Er stelzte gewichtig über den Platz und versuchte dabei, gütig zu wirken, versuchte, wie ein kluger Vorgesetzter zu erscheinen. Abends sah er sie manchmal mit einem ungehobelten Kerl umherflanieren, vermutlich ihr Mann. Er hieß Sigurður und arbeitete auf einem Heringskutter. Am liebsten hätte er diesen Heringskutter in die Fanggründe vor Grönland geschickt, an die Ostblockfront, doch darüber hatte er nicht zu bestimmen; die Kapitäne entschieden es selbst, falls Lalli Lár nicht schon vorher alles festgelegt hatte. Doch er wurde von ihr angezogen wie ein Mond von einem Planeten.

In jenem Sommer regnete es Hering. Und in jenem Sommer arbeiteten alle unermüdlich, aufgekratzt, erregt und schwatzend. Niemand schlief. Den lieben langen Tag war es strahlend hell, und nie hörte man Stille, nur unentwegtes Rufen und Schreien, Musik, Lachen, Stöhnen, Weinen, Maschinengeklapper, Stimmengewirr, ständige Reize, Ungestüm. Es regnete Hering, und die Frauen salzten unablässig, alles vibrierte vor Leben, und abends und nachts stahlen sich Paare in die Schoßmulde, die so weit entfernt war, dass man sich dort ungestört betätigen konnte. Die Farben waren intensiv, die Sinne wogten und brodelten, er hatte das Gefühl, als schieße ihm der ganze Trubel im Dorf direkt in den Schritt.

Diese Hände. Sie saß allein im Gemeindehaus mit diesen weißen Händen im Schoß und schaute den Leuten beim Tanzen zu, während ein stürmischer Harmonikaspieler sein Instrument bearbeitete, halb verrückt vor Müdigkeit und Amphetaminen. Sie trug ein blaues Kleid. Er setzte sich zu ihr und fragte, ob er ihr ein Getränk ausgeben dürfe. Sie sagte nein. Er fragte, ob er sie zum Tanzen auffordern dürfe. Sie sagte nein. Er fragte, ob er vielleicht selbst ein Glas trinken und neben ihr sitzen dürfe. Sie schaute ihn mit eisblauen Augen an, schwieg einen Moment, drehte dann wieder den Kopf nach vorn, ohne ihm zu antworten, doch in ihrem Mundwinkel zuckte ein Lächeln. Dann schwiegen sie.

Er spürte ihre Wärme, und obwohl sie die meisten seiner Annäherungsversuche mit ihrem wohlerzogenen Nein quittiert hatte, stand sie nicht auf, und er hatte den Eindruck, dass sie durchaus gern neben ihm saß. Erst jetzt stellte er sich überschwänglich vor und erzählte ihr von seinem Interesse für Gärtnern und Gedichte. Daraufhin schwieg er eine Weile, strich sich über die Koteletten und fragte: Und du? Sie sagte, sie sei verheiratet, ihr

Mann arbeite auf einem Heringskutter, heiße Sigurður und sei zwei Meter groß und dementsprechend stark. Und völlig unberechenbar, wenn er getrunken hätte. Er sagte, dann müsse man wohl lieber vorsichtig sein, hatte sich jedoch bereits vergewissert, dass der Mann auf See war. Sie beobachtete, wie der Harmonikaspieler durch den Hreðavatn-Walzer hetzte, während die Leute atemlos und ausgelassen über die Tanzfläche wirbelten. Sie lächelte diskret. Er bot ihr eine Zigarette an, und sie nahm sie, sog genießerisch den Rauch ein, drehte dann den Kopf und pustete ihm den Rauch direkt ins Gesicht.

Dann rauchten sie schweigend. Kalli von Skjól und sein Freund Gúndi kamen und setzten sich zu ihnen und fingen an, Geschichten vom alten Pfarrer und vom Apotheker Halvorsen zu erzählen. Danach sprachen sie über Fangzahlen und neue Autos, Traktoren und die Heuernte im Tal. Während er ihnen geistesabwesend beipflichtete und Bemerkungen einwarf und Schnaps trank, spürte er sie die ganze Zeit neben sich. Jeden Morgen, wenn er aufwacht, spürt er sie. Jeden Morgen erinnert er sich an diesen Abend. Etwas davon kommt immer im Halbschlaf zu ihm. Als sie dasaßen und ihre Körper still und reglos miteinander kommunizierten. Und dann ist Nacht und alle verschwinden lärmend im gleißenden Licht, doch sie beide gehen Hand in Hand über den Pfad, der zu seinem Haus führt, und sie will es, und sie ziehen die Tür hinter sich zu und küssen sich. Ihr Bauch schmiegt sich nackt und warm an seinen. Ihr Geruch wie der Duft des Meeres, ihre Stimme tief, diese Hände. Die Spritztouren in den darauffolgenden Wochen, wenn sie ans Ende des Tals fuhren, wo sie eine Wolldecke in den Farben der isländischen Flagge auf den Boden legten und sich liebten.

Stundenlang streift er durch die Straßen, in Gedanken ganz bei Emilía und dem großen Heringssommer, den sie gemeinsam erlebten – ganz außer sich und in ihr.

~~~

Bald wird er seine Schwester an der nächsten Ecke treffen. Sie haben jahrelang nicht miteinander geredet, waren geschickt darin, sich bei den üblichen Anlässen zu erkundigen, ob der andere käme, und blieben in diesem Fall zu Hause.

Vielleicht hatte Lára ihn nie gemocht, von Anfang an nicht, aber zumindest hatte sie sich um ihn in den ersten Jahrzehnten gekümmert. Es gefiel ihr nicht, wie er die Dinge anging, wie er den Laden führte und aus dem Stegreif alle möglichen Firmen gründete, nur weil er eine Idee hatte, und alle möglichen Dummköpfe ins Dorf holte, die hier nichts zu suchen hatten. Sie sah keine Zukunft für den Laden und bot ihm an, lieber mit in die Reederei einzusteigen, sich später in Reykjavík in eine Supermarktkette einzukaufen und im Ort eine Filiale zu eröffnen. Ihre Worte gingen ihm zum einen Ohr rein und zum anderen wieder raus, er sagte, er wisse schon, was er tue, das mache ihm Spaß, er habe das im Blut und müsse die Dinge auf seine Weise regeln. Als das Quotensystem eingeführt wurde, bot sie ihm erneut an, sich in die Reederei einzukaufen, und erklärte ihm, was für eine Goldgrube die Fangerlaubnis noch werden würde, doch er entgegnete, dieses System sei seiner Ansicht nach nicht von Dauer und er wolle lieber auf den Laden und das Schlachthaus bauen. Darauf schüttelte sie mit verkniffenem Mund missbilligend den Kopf, diese Frau, die ein
~~~

Grundpfeiler des Dorfes war, ohne sich sonderlich für dessen Bewohner zu interessieren. Viele hatten sie noch nie gesehen und wussten gar nicht, wie sie aussah; manche hatten sie schon mal gesehen, aber vergessen, wie sie aussah: dunkelblonde Haare, Hornbrille, dünne Lippen, ein recht hübsches Gesicht mit einem zierlichen Kinn. Dennoch trafen und stritten sich die Geschwister weiterhin – sie fühlte sich verpflichtet, sich um ihren verantwortungslosen kleinen Bruder zu kümmern, und sei es auch nur wegen Jakobína, ihrer einzigen Freundin und der Einzigen, mit der sie über ihren Mann reden konnte, der tagaus, tagein besoffen im Bett lag, hochgebildet und glücklos.

~~~

Er hätte ein besserer Ehemann sein sollen. Aber er hätte auch schlimmer sein können, so wie der Alte von Lára, wie hieß der noch mal, das war vielleicht ein Säufer, denkt er, als er über diese vergangenen Ereignisse nachgrübelt – wie jeden Tag bei seinem Spaziergang an dem einen oder anderen Haus vorbei, in die eine oder andere Straße hinein und dann noch mal in diese hinein und aus jener hinaus, sodass die bescheidene Siedlung für ihn allmählich zu einem Labyrinth der Einsamkeit wird.

Er war keineswegs lieblos und hat nach Möglichkeit versucht, Jakobína all ihre Wünsche zu erfüllen. Er fuhr jedes Jahr mit ihr ins Ausland, nach Dänemark und nach Italien und war dort die ganze Zeit mit ihr zusammen. Da saß sie dann von morgens bis abends mit verschlossenem Mund und drehte ihr verschlossenes Gesicht in die Sonne, nachdem sie sich ausgiebig eingecremt hatte,
~~~

während er in den örtlichen Geschäften stöberte, um Waren einzukaufen, die er in Lallis Laden anbieten konnte. Sie liebten sich einmal im Monat, was sehr einvernehmlich ablief, bekamen aber keine Kinder. Er kaufte ihr ein Auto und ein Sofa und alle möglichen Sessel und Kissen, sämtliche Kleider, sämtliche Bücher und Schallplatten, die sie haben wollte, bezahlte ihr Kurse, die in Valeyri angeboten und von ihm selbst mit unterschiedlichem Erfolg organisiert wurden. Das interessierte sie, und sie machte ihm Vorschläge für diverse Handarbeitsartikel für den Laden. Es lief gut.

Als sie eine Thrombose bekam, saß er tagelang bei ihr und las ihr aus alten Berichten über den Bezirk und aus dem Lyrikband von Guðmundur, dem Dichter der Dichter, vor. Er hielt ihre Hand, spürte, wie ihr Leben verebbte, und glaubte, sich ganz und gar darauf konzentrieren zu müssen, bei ihr zu sein, mit ihr – ganz und ungeteilt für sie da zu sein. Emilía war längst weg und dieser Rüpel mit ihr, sie lebte nur in seinen Erinnerungen, in seinem Blut und seinen Träumen. Er wusste, dass Jakobína im Sterben lag, und meinte, zumindest eine ehrenhafte Sache im Leben tun zu müssen, weil er das damals nicht geschafft hatte und sich, als es darauf angekommen war, wie ein Lump verhalten hatte. Er wollte seiner Ehefrau sein Herz ausschütten, ihr seine Schuld beichten in der Hoffnung, dadurch würden sie vor Gott wieder eins, bevor sie von ihm ging. Er saß bei ihr am Bett, hielt ihre Hand und erzählte ihr von jenem Sommer, als es in Valeyri Hering geregnet hatte und alle vor Tatendrang, Ausgelassenheit und Begierde übergeschnappt waren – auch er. Dann beschrieb er ihr Emilía, und obwohl er versuchte, seine Ergriffenheit nicht zu zeigen, wurde seine

Beschreibung gefühlvoll und seine Stimme zitterte vor unterdrückter Leidenschaft. Er erzählte seiner Frau, Emilía sei noch einmal zu ihm gekommen, nachdem er die Sache bereits beendet hatte, und habe ihm mitgeteilt, dass ihre Beziehung Folgen gehabt hätte, sie sei in anderen Umständen, und nun solle er sich zwischen einer lieblosen Ehe und einer neuen Familie mit kleinem Kind, seinem Kind, entscheiden. Sie wolle ihren Mann verlassen, denn er sei ein schlechter Mensch. Er erzählte, er hätte sie gebeten, zu gehen und nie mehr wiederzukommen, denn er liebe seine Frau. Auch der Hering war fort, die Sonne erloschen, die Ausgelassenheit versiegt. Er hatte Emilía nie mehr wiedergesehen, außer in seinen Träumen. Sie verschwand, sagte er und machte eine Handbewegung, wie um zu demonstrieren, dass sie nirgends zu sehen sei. Als er aufblickte und seine Frau ansah, war sie nicht mehr geschwächt. Sie war auch nicht gramgebeugt und keineswegs froh, sondern weiß vor Zorn und zischte: Verschwinde!

So verlor er seine Frau, bevor sie starb. Sie ließ sofort ihre Schwägerin Lára holen, und die beiden schlossen sich lange im Schlafzimmer ein, bis Lára sie ins Krankenhaus bringen ließ, wo sie dahinschied. Er bekam seine Frau nicht mehr zu Gesicht.

~~~

Sie verschwand, sagte er mit einer Handbewegung.

Eines schönen Tages waren neue Leute in *Brimnes* eingezogen, und er erfuhr nie, was aus Sigurður und Emilía geworden war. Tagtäglich zerbrach er sich den Kopf darüber und hoffte sogar, dass ihn eines Tages
~~~

ein junger Bursche oder ein junges Mädchen aufsuchen und zu ihm sagen würde: Du bist mein Vater. Doch das geschah nie. Er malte sich aus, die beiden wären nach Amerika oder gar nach Australien gegangen, wie viele in den Jahren nach dem Ausbleiben des Herings. Da wächst eine Blume in Melbourne, murmelte er manchmal vor sich hin. Doch er konnte sich nicht sicher sein. Sie waren so plötzlich und so spurlos verschwunden.

All die Geheimnisse in einem Dorf. Man könnte auch meinen, es sei ein Geheimnis, wohin er gerade geht – er kann sich nämlich nicht erinnern, zu wem er wollte. Wollte er zu Kalli in Skjól und sich von ihm ein kleines Stück Maschendraht leihen, um es in die Dachrinne zu stecken, wo die Stare es sich gerade verdammt gemütlich machen …? Oder wollte er vielleicht zu Fríða? Doch, oder nicht? Wollte er Fríða nicht bitten, ihm die Haare zu schneiden? Was wäre er eigentlich ohne Fríða?

Er ist ein bisschen vergesslich geworden.

Es gibt so vieles, was er nicht mehr weiß. Er vergisst sofort, wohin er gerade geht oder mit wem er gerade spricht, doch wenn er morgens aufwacht und noch im Halbschlaf ist, erinnert er sich an Emilía, wie sie war, und an ihre gemeinsamen Stunden – und dann fällt ihm sofort wieder ein, dass er ein Lump ist. Er weiß, dass sie tot ist. Das sagen ihm seine Träume. Nichts hat er im Leben geschafft. Alles ist in seinen Händen verblasst und zerfallen.

Er ist tief in Gedanken versunken, als er um die Ecke geht, und bemerkt erst, als es zu spät ist, dass er mit einer Frau zusammenstößt, die ihm entgegenkommt. Er schaut sie mit gutmütigen Augen an. Sie hat weiße Haare, eine

Hornbrille, dünne Lippen, ein recht hübsches Gesicht mit einem zierlichen Kinn und blickt ihn erschrocken an. Dann zieht sich ein breites Lächeln über sein Gesicht, und er breitet die Arme aus und sagt: Ach, entschuldige, meine Liebe, ich war ganz in Gedanken.

... UND STREICHT ÜBER DIE LANDZUNGE

Ich befand mich im Wald und ging über einen Pfad, der mit weißen Steinen begrenzt war. Mir war bewusst, dass ich mich auf einem ganz bestimmten Weg befand und mich ein Ziel erwartete, doch ich wusste nicht, wo, wann oder wie. Dabei erkannte ein Teil von mir, dass ich mich nicht wirklich in diesem Wald befand, sondern nur mein Bewusstsein. Ich selbst lag auf meiner Schlafstatt in der Tuberkulose-Klinik in Vífilsstaðir. Ich war im Fieberwahn – ich war tatsächlich am Ziel angelangt. Derselbe Teil von mir erkannte, dass Katrín neben dem Bett saß und ein Buch las, strickte, meine Hand hielt, wie sie es die ganze Zeit gemacht hatte, seit ich vor ein paar Monaten erneut erkrankt war. Sie war sofort in die Stadt gereist, hatte mit ihrer Mutter ein Zimmer in Reykjavík genommen und kam täglich her, um bei mir zu sein und mich zu stützen, ihren Dichter, ihren großen Dichter.

Ich war allein im Krankenzimmer. Durchs Fenster drangen Sonnenstrahlen. Ich sah Staubpartikel. Ich sah einen kleinen Engel in Licht getaucht, still und betrübt saß er auf der Fensterbank und ließ die dünnen Beine baumeln. Dann befand ich mich wieder im Wald und ging über einen Pfad, der mit weißen Steinen begrenzt war. Die

Bäume trugen große Äste, die manchmal an mir entlangstrichen, nass und schwer. Ich ging lange, es war dunkel, doch hin und wieder kam ich auf eine helle Lichtung, aber da war nichts. Ich wusste, dass ich nicht dort, sondern hier war.

Katrín saß neben dem Bett und las mir manchmal aus alten Berichten über unseren Bezirk vor und aus Lyrikbänden von Jónas und Steingrímur und Matthías, meinen Lieblingsdichtern, und sie las Gedichte von meinen Freunden, aber nie meine eigenen Gedichte, denn ich hatte sie darum gebeten, es nicht zu tun. Sie sah meine Gedichte erst viel später. Manchmal dichtete ich, wenn sie gegangen war – vorausgesetzt, ich war bei Bewusstsein und einigermaßen bei Kräften. Ich schrieb in mein braunes Notizbuch, das ich unter dem Kopfkissen aufbewahrte. Ich schrieb Sätze wie: »Das Leben ist der Weg zum Tod.« Meine Gedichte entsprangen Albträumen und handelten von Ungeheuern in düsteren Schluchten und jungen Mädchen, die ihnen begegneten und in Gefahr gerieten. Sie handelten von Katrín.

Oft kam mein Freund Lalli und saß bei mir und sprach über seine Steckenpferde, erzählte mir von der Heuernte und vom Fischfang und anderen Dingen, mit denen er sich beschäftigte. Das war aufmunternd.

Dann befand ich mich im Wald und ging über einen Pfad, der mit weißen Steinen begrenzt war. Ich spürte, dass es kürzlich geregnet hatte. Ich stieß an die nassen Äste. Ich sah, wie sich der Pfad tiefer in den dichten Wald hineinschlängelte. Ich lief. Ich wusste, dass nicht ich mich in diesem Wald befand, sondern nur mein Bewusstsein, ich träumte, ich dämmerte vor mich hin – und zugleich auch nicht. Mein Bewusstsein war wach, und ich sah, dass

Katrín nicht auf dem Stuhl neben meinem Bett saß, wo sie sonst immer gesessen hatte, denn der Stuhl war leer, schon eine ganze Weile, mehrere Wochen lang. Durchs Fenster drangen Sonnenstrahlen. Ich sah Staubpartikel. Auf der Fensterbank saß ein Engel und ließ die Beine baumeln und schaute mich traurig an. Ich schloss die Augen und tauchte wieder ins Dickicht des Waldes. Ich trat auf eine helle Lichtung, und da stand ein graues Pferd. Ich näherte mich ihm langsam und ruhig, sprach beschwichtigend mit ihm und dachte, es würde mich ans Ziel bringen, doch sobald ich es berührte, zuckte es zurück und stürmte in den Wald. Ich folgte ihm, bis ich zu einem tosenden Wasserfall kam. Tief unten im Pfuhl hörte ich ein Seufzen. Ich setzte mich erschöpft auf einen Stein und spürte die Gischt auf meinen Wangen, blickte in den Strudel und strich über die Flechten auf dem Stein, spürte seine raue Oberfläche. Ich stand auf und ging weiter. Ich war barfuß und lief über Geröll auf ein Tor zu. Alles war so hell.

Ich schlug die Augen auf. Ich lag in der Tuberkulose-Klinik in Vífilsstaðir. Ich war allein im Krankenzimmer, mit nichts als der Abwesenheit im Arm. Mein Bewusstsein war wach, und ich wusste, dass Katríns Stuhl schon seit geraumer Zeit leer war. Mein Freund Lalli besuchte mich hin und wieder und sprach mit mir über seine Steckenpferde, die Heuernte und den Fischfang und solche Dinge, und als er ging, sagte er mir, dass Katrín nicht mehr käme. Sie sei nicht mehr mein Mädchen. Wer würde mich dann durch diesen dunklen Urwald begleiten? Wer würde mir übers Haar streichen, mich umsorgen, mir in meinen Qualen beistehen, dem großen Dichter? Ich schloss die Augen und meinte mich wieder im Wald zu befinden, über den Pfad zu gehen, der mit weißen Steinen begrenzt war. Ich stieß an die nassen Äste. Unter meinen Füßen knackten Zweige, und ich erkannte, dass mein Bewusstsein wach war, dass ich ein Bewusstsein hatte, dass ich auf einem ganz bestimmten Weg war, mich eine Art Ziel erwarten würde, denn das Leben ist der Weg zum Tod.

Ich hatte in Katríns Seele geschaut. Wenn ich an langen Sommertagen zu Hause im Tal bei der Heuernte war, wenn ich auf den Berg Svarri wanderte und über die Landzunge und das Tal blickte, um eine Entscheidung treffen zu können, wenn ich beim Lateinlernen in einer engen Kammer bei karger Kost in Reykjavík saß und wenn ich mich nachts im Bett wälzte und mein Leben plante – und nun, da ich über diesen Pfad ging, sodass die Zweige knacken –, folgte mir stets der Glanz ihrer Augen.

Ich ging weiter und trat aus dem Wald heraus in die freie Landschaft, auf eine graue Klippe. Ich spürte den Wind in den Haaren und auf den Wangen, die Sonne strömte weiß durch meine Handflächen, das Meer lag spiegelglatt und blau vor mir, ich schlug die Augen auf und sah Staubpartikel und Katríns Stuhl, der seit Monaten leer war. Der kleine Engel saß nicht mehr auf der weißgestrichenen Fensterbank. Ich schloss die Augen und schaute mich auf dieser kalten Klippe um, ich war im offenen Gelände. Ich schlug die Augen wieder auf, und da sah ich, dass der kleine Engel an der Bettkante stand und mich mitfühlend ansah. Ich wollte ihm meine Sünden beichten, war jedoch in meinem kurzen Leben nicht weit herumgekommen und nur wenigen Menschen begegnet, hatte kaum nachgedacht und nur wenig vollbracht. Mein Leben hatte in Buchstaben und Gedanken stattgefunden. Ich war nur ein Bewusstsein. Ich schloss die Augen und sah den kleinen Engel noch immer. Er war ganz weiß und hatte ein winziges Horn auf der Stirn, dem ich zuvor keine Beachtung geschenkt hatte. Er wies mich an, mitzukommen. Ich stieg aus dem Bett, und wir gingen gemeinsam zum Fenster, in den Nebel.

Ich lief an einem Strand entlang, am Ufer, barfuß, und spürte die Steine in meine Fußsohlen schneiden, spürte das kalte Wasser meine Zehen umspülen. Der Himmel über mir schwieg. Das Licht war weiß, und in meiner Brust spürte ich ein schweres Dröhnen, und aus der milden Ferne drang die Erkenntnis zu mir, dass meine Tage wie das Gras waren. Vor mir lief ein graues Pferd. Ich ging durch ein Tor am Strand, und da hielt das Pferd hinaus aufs Meer, doch ich wandte mich in die andere Richtung. Ich stand auf einer Straße. Es regnete. Der Nebel kam und umhüllte mich, ein grauer Stoff, und ich sah Katrín durch die Straße hier in Valeyri zum Laden gehen, sah, wie sie ihn betrat. Sie kam zusammen mit Lalli wieder heraus, und ich sah die beiden die Straße überqueren, zwei festlich gekleidete Kinder an der Hand, einen Jungen und ein Mädchen.

Der graue Stoff umhüllte mich. Ich war nur ein Bewusstsein. Katrín war mir für immer und ewig entglitten – doch wer wird mich über den schmalen Pfad begleiten, durch das steinige Ödland, durch das mein Weg führt, über Klippen und Kies, Schotter und Schluchten, durch den brausenden Wind, durch das Wasser, durch das Schneegestöber, durch den Hagel, durch das Tor? Es ist der Nebel. Er kommt vom Meer und streicht über die Landzunge.